Konstanze Schaefer, Else Böttge

Else

AF191273

Konstanze Schaefer

Else Böttge

Else

Ich suche noch ein Stück meines Lebens

Verlag: BoD · Books on Demand GmbH, In de Tarpen 42,
22848 Norderstedt, bod@bod.de
Druck: Libri Plureos GmbH, Friedensallee 273,
22763 Hamburg

ISBN: 978-3-7597-7006-6

Bibliografische Information der Deutschen Nationalbibliothek: Die Deutsche Nationalbibliothek verzeichnet diese
Publikation in der Deutschen Nationalbibliografie; detail-
lierte bibliografische Daten sind im Internet über
dnb.dnb.de abrufbar.

Blätterfall, Blätterfall,
gelbe Blätter überall.
Raschel, raschel, es wird kalt
und der Schnee bedeckt sie bald.

Volksweise, Verfasser unbekannt

Eine Kindheit

Die Treppe ist steil und schmal in dem Haus in der Friedhofsgasse. Ein Stockwerk muss Else hinunter, wenn sie an den Wasserhahn will, von dem der Vater immer das Wasser holt, das sie zum Waschen und Kochen benötigen. Und sie will heute unbedingt zu diesem Hahn. Ihre Puppe hat Hunger und Else möchte ihr einen Brei anrühren. Dazu braucht sie Wasser. Also hat sie den Puppenwagen aus der kleinen Wohnung gezerrt, denn das Puppenkind soll nicht allein zurückbleiben. Das Korbgeflecht an den Außenseiten des Wagens hatte sich an ihrem Metallbett verhakt, alles ist eng in dem Zimmer und der Küche, die sie mit ihrem Vater bewohnt. Aber dieser Wagen ist ein Schatz, ein Bett zum Fahren für Ihre Puppe.

Doch nun muss sie erstmal die Treppenstufen überwinden. Krampfhaft umfasst sie die

Haltestange des Wagens: nur nicht loslassen. Das Gefährt scheint heute besonders schwer zu sein, es poltert die Stufen hinunter, viel zu schnell für eine Fünfjährige. Else fällt, fällt dem Puppenwagen hinterher und steht auf dem nächsten Treppenabsatz wieder auf. Blaue Flecken, eine Schürfwunde, Kratzer an Kind und Wagen und Puppe. Die ist herausgefallen, aber sonst ist alles in Ordnung. Das Mädchen ist hart im Nehmen. Für blaue Flecken ist sie bekannt, woher auch immer die stammen.

Doch unüberhörbar war das Aufschlagen des Wagens. Die ältere Dame, mit der großen Wohnung, die ihr manchmal einen süßen Keks oder ein Bonbon schenkt, streckt den Kopf durch den Türspalt: „Was war das für ein Lärm eben? Ist irgendetwas besonderes geschehen?" Else schüttelt heftig den Kopf, sodass ihr die beiden dunklen Zöpfe um das sonnengebräunte Gesicht fliegen. Die Tür geht wieder zu, heute ohne Nascherei. Von unten aus der Wohnung der

Familie mit den drei Kindern schallt eine Frage herauf: „Ist etwas passiert?"

„Nein", ruft Else zurück, ohne mit dem kurzen Wort ihre Schmerzen zu verraten. Auch diese Tür schließt sich wieder. Else weiß, wie schön es dahinter ist. Sie spielt manchmal mit den Kindern, die dort wohnen. Die Räume sind größer und heller und höher als bei ihnen oben. Überall liegen bestickte Deckchen und der Fußboden glänzt. In einer Truhe liegen viele bunte Spielsachen: Holzklötzchen, mit denen man Straßen und Brücken bauen kann, eine kleine Pferdekutsche und Püppchen, die man dort hineinsetzen kann, und viele andere Kostbarkeiten.

Aber nun ist Else mit ihrem eigenen Puppenkind beschäftigt. Damit hatte schon ihre Schwester gespielt, erzählt Oma oft. Und vorher – das weiß niemand so genau. Else nimmt das Kind aus Stoff und Porzellan in den linken Arm, um mit dem rechten das Kissen aufzuschütteln, auf das sie die Puppe dann wieder bettet und mit einer von Oma gehäkelten Decke zudeckt. Die

Nachbarin schaut nochmal kurz durch den Türspalt, zu prüfen, ob wirklich alles in Ordnung ist. Else blickt sie an, als wolle sie sagen: Schau her, wie gut ich für mein Kind sorge!

Sie wird gelitten von den Bewohnern des Hauses, vielleicht auch bemitleidet, hinter vorgehaltener Hand: „Das arme Kind muss ohne die Mutter aufwachsen … und die Schwester, zehn Jahre älter als Else, ist auch nicht mehr zu Hause … hatte immer ihren eigenen Kopf … einmal, vor Jahren, als sie auf die kleine Else im Kinderwagen aufpassen sollte, hat sie den einfach stehengelassen und ist stattdessen Fußballspielen gegangen … und geklaut hat sie auch, und so viel gelogen … war sie denn überhaupt in der Hitlerjugend, also bei den Mädels im BDM? … jetzt ist sie jedenfalls in einem Erziehungsheim! … ist ja auch kein Wunder, bei der Mutter … wer weiß, ob die Kinder nicht auch …, naja … ach, die arme Frau … aber nein, wirklich, das ging nicht mehr …"

So oder ähnlich flüstert man im Haus. Else begreift nichts davon, sie ist noch zu klein, Vater erklärt ihr nichts. Sie kennt ihre Mutter nicht, hat keinerlei Erinnerungen an sie. Man hatte ihr gesagt, dass sie kurz nach ihrer Geburt gestorben sei. Else kennt nur die Oma und die Haushälterin, die ihnen manchmal hilft. Sie sorgen mit Vater dafür, dass sie zu Essen hat und Kleidung und ein Metallbett in der Küche und dass sie, als die Zeit dafür gekommen ist, zur Schule geht. Zwei Jahre vorher wurde ein schrecklicher Krieg angezettelt, auch davon weiß sie kaum etwas, es geschieht alles weit weg von ihrer Kinderwelt. Noch sind die Schrecken nicht ins Land der Verursacher zurückgekehrt. Noch stehen die prächtigen Bürgerhäuser und Paläste und Kirchen im Stadtzentrum von Potsdam, nur einige hundert Meter von ihrem Wohnhaus entfernt.

Else hat es nicht weit zur Schule, sie geht gern dorthin und nach dem Unterricht allein nach Hause oder zur Oma, die in der Nähe lebt. Bis zu diesem Tag. Kurz vor Unterrichtsschluss wird sie ins Sekretariat gerufen. Zwei Frauen von irgendeinem Amt sitzen dort, fragen sie nach ihrem Namen, nehmen sie an die Hände und gehen mit ihr aus der Schule. Aber nicht nach Hause, sondern zur Straßenbahn und nach einigen Stationen Fahrt, dort, wo der große Park beginnt durch eine kleine Pforte zu einem Haus, dass Else bis dahin nicht gekannt hatte. Man sagt ihr, dass dies das Königin-Elisabeth-Haus der evangelischen Friedenskirchgemeinde sei, ein Haus, in dem Kinder leben, und ab jetzt auch sie. Man zeigt ihr den Schlafsaal und ihr Bett und andere Räume des Hauses. In einem steht ein Klavier, auf dem gerade eine Frau in Schwesterntracht spielt. Else gefällt die Musik und das Instrument. Sie fragt, ob sie auch darauf spielen dürfe. „Später, mein Kind, später. Jetzt musst du dich erst einmal bei uns eingewöhnen." Dann bekommt sie im Speisesaal eine Suppe und wird schließlich den anderen Mädchen vorgestellt. Die Frauen, die sie aus der Schule abgeholt haben, sind längst wieder gegangen, Else fühlt sich klein, allein und völlig verloren. Sie blickt um sich, scheu, wie ein

Reh, dass man ganz allein in einem fremden Wald ausgesetzt hat, und versteht nicht, was geschehen ist. Dass sie wohl keine Mutter mehr hat, na, das weiß sie ja. Aber was ist mit ihrem Vater? Sie bekommt keine Antwort. Elses Zuhause ist nun das Königin-Elisabeth-Haus. Sie solle sich in die Gemeinschaft einfügen, dann würde es ihr gut gehen, sagt man ihr.

Eines hatte Else zu Hause beim Vater schon früh gelernt: Man muss sich als Kind in Gehorsam üben, sonst kommt man in ein Erziehungsheim, wie ihre Schwester. Nein, sie wollte nicht in ein Erziehungsheim, deshalb hatte sie sich fleißig um Gehorsam bemüht. Immer gelang ihr das nicht, aber insgesamt doch recht gut. Und nun war sie trotzdem in einem Heim gelandet. Wie soll sie das begreifen? „Das ist kein Erziehungsheim," sagen die Schwestern der Kirchgemeinde, „das hier ist eine Bewahranstalt für Kinder aus Familien unserer Gemeinde und für Waisen."

Ist sie jetzt eine Waise? Sie hat doch einen Vater! Aber während viele Kinder in den Ferien zu ihren Familien geholt werden, muss Else mit einigen anderen im Heim zurückbleiben.

Auch zu Weihnachten. In diesen Wochen wird viel gesungen, das gefällt ihr, denn sie singt leidenschaftlich gern und hat eine sehr schöne Stimme, für die sie von allen gelobt wird. An den Weihnachtstagen wird ein Puppenhaus aufgestellt, das ist für die jüngeren Mädchen ein Trost, etwas worauf sie sich von Jahr zu Jahr erneut freuen können. Manchmal singt sie den Puppen in diesem Haus ein Lied zum Einschlafen vor. Das ist gut für die Kleinen, davon ist sie überzeugt. Auch davon, dass ihre Mutter ebenfalls für sie gesungen hat, damals als sie noch ganz klitzeklein war. Singen ist überhaupt das allerschönste für Else, denn beim Singen gleiten ihr die Worte leicht und fließend über die Lippen. Anders als in Gesprächen, in denen sie so oft ins Stottern gerät.

Schon bald, als die Tage wieder länger werden, der Winter sich langsam verabschiedet, verschwindet auch das Puppenhaus, bis zum nächsten

Weihnachtsfest: „Wenn Ihr brav seid. Ihr könnt Euch jetzt schon darauf freuen."

Die Ferienzeiten sind schlimm für Else. Keinerlei Abwechslung durch Schule oder Freundinnen, durch die kleinen und großen Ereignisse in der turbulenten Kindergemeinschaft. Nur Langeweile und stets ausreichend Arbeiten für die Mädchen, die kein Zuhause mehr haben. Mit dem Bollerwagen fahren sie die Wäsche vom Heim zur Mangel und wieder zurück. Sie lernen die wichtigsten Dinge, die in einer Hauswirtschaft zu tun sind. Einmal bekommt Else zu Weihnachten von den Schwestern des Heimes ein eigenes Nähzeug geschenkt. Nun kann sie auch die kleinen Ausbesserungen an ihrer Kleidung selbst vornehmen. Else nimmt es hin, was bleibt ihr sonst übrig? Sie hat eben keine Familie, die sich um sie kümmert. Irgendwann sagt man ihr, dass der Vater an einer schweren Krankheit gestorben sei. Wann genau, das hat Else nie erfahren.

Einfach ist es nicht im Königin-Elisabeth-Haus für das kleine zarte Mädchen mit den dunklen

Augen und den ordentlich geflochtenen Zöpfen. Aber es ruht eine behütete Sicherheit auf dieser Einrichtung. Auch als der Krieg, wenige Jahre nachdem Else dort eingezogen war, ins Land der Aggressoren zurückkehrt. Am 14.April 1945 wird innerhalb einer reichlichen halben Stunde die gesamte Innenstadt Potsdams, rund um den Bahnhof herum, zerstört. Bombenalarm wurde bereits in vielen Nächten vorher ausgelöst, das kennen die Kinder, aber zunächst flogen die Flugzeuge über die Stadt hinweg nach Berlin. Alle wissen, wie sie sich zu verhalten haben, wenn die Sirenen aufheulen. Im Keller gibt es einen ausgebauten Raum, in dem sie geschützt sind. Den Weg zum Keller kennen sie.

Else und einige andere Mädchen besonders gut. „Magst du Kuchen?", wurde sie einmal von einer Freundin gefragt. Was für eine dumme Frage. Natürlich isst sie gerne Kuchen. „Komm mit", sagte die Freundin, „aber du darfst niemandem davon erzählen." Elses Herz schlug bis zum Hals hinauf, als sie die Treppe zum Keller hinabstiegen. Und dann öffnete die Freundin die Tür zur Speisekammer dort unten. In einem Regal standen mehrere Bleche mit Kuchen: Streuselkuchen, Zuckerkuchen, Apfelkuchen. Der war bereits angeschnitten, ein Messer lag auch daneben, es würde nicht auffallen, wenn sie sich da noch einen dünnen Streifen abschnitten. Und vielleicht auch noch einen vom Zuckerkuchen. Aber schnell musste es gehen, damit sie nicht von den Schwestern entdeckt würden. Also rasch den Kuchen in den Mund gestopft, die Türe wieder geschlossen und die Kellertreppe hinaufgerannt. Der hinuntergeschlungene Kuchen lag schwer im Magen, dazu kam Angst, ob die fehlenden Stücke entdeckt würden. Es geschah aber nichts und es blieb der Stolz, die Mutprobe im Keller bestanden zu haben.

Jetzt, in den Frühlingswochen des Jahres 1945 hat es nichts mehr mit Mut zu tun, wenn die Mädchen die Kellertreppe hinab laufen. Es ist nur die Angst da, Angst vor etwas ganz Schlimmen, von dem sie wenig Vorstellung haben: dass ihr Haus von einer Bombe getroffen werden und einstürzen könnte. Was das bedeutet hätte, sehen die Mädchen bald, als der Alarm vorbei ist und sie aus dem Keller nach oben steigen. Nur einige Meter von ihrem Heim entfernt, schräg gegenüber auf der anderen Straßenseite: Die schöne große Villa dort, mit dem viereckigen Turm auf der linken Seite ist völlig zerstört. Ein Anblick, der die Mädchen in Schrecken versetzt, ihnen noch mehr Angst macht.

Aber das Königin-Elisabeth-Haus und alle seine Bewohnerinnen haben Glück, sie überleben unbeschadet. Kaum eine Woche später stehen die Truppen der Roten Armee vor den Toren der Stadt, die von der deutschen Wehrmacht zur „Festung" erklärt wird. Tagelanger Artilleriebeschuss der sowjetischen Truppen folgt. Auch auf das Kinderheim sind Waffen gerichtet, aber wie durch ein Wunder bleibt es wieder verschont.

Doch was diese schrecklichen Kriegserlebnisse, der Lärm der Bombeneinschläge, der Anblick der brennenden Stadt, der zerstörten Häuser und der

18

Waffenmündungen in den Seelen der Kinder - unter ihnen die kleine Else - anrichtet, kann wohl niemand genau sagen.

Im Mai 1945 gibt es erneut einschneidende Änderungen im Heimleben. In den Räumen, in denen die Kinder vorher gelebt haben, wird ein Lazarett der Roten Armee untergebracht, der Schlafsaal der Mädchen wird in den Keller verlegt, den sie inzwischen alle gut kennen. Es kommen neue Kinder hinzu, aus einem anderen, ausgebombten Kinderheim.

Die jetzigen Mitbewohner in Uniform, die Soldaten im Lazarett, verhalten sich recht eigenartig, ganz anders, als es dem gewohnten Heimleben entspricht. In der Veranda des Hauses halten sie einige Schweine. Die Kartoffeln werden im Klo gewaschen und es gibt Soldaten, die sich oben auf das Klavier setzen und mit den Füßen die Tasten schlagen.

Die Mädchen machen große Augen, einige lachen, andere schütteln den Kopf, manche haben Angst. Die Schwestern beruhigen: „Das sind arme Menschen, die kennen wahrscheinlich gar keine Toilette mit Wasserspülung. Und haben vielleicht vorher noch nie ein Klavier gesehen. Sie wissen nicht, wie man mit diesen Dingen umgeht."

In den folgenden Jahren normalisiert sich das Leben im Heim wieder. Es werden regelmäßig Gottesdienste abgehalten, Else verrichtet ihre Aufgaben wie früher und geht täglich zur Schule. Dort hat sie es nicht leicht unter den anderen Kindern. Sie wird, wie es vielen Heimkindern geht, von ihnen missachtet und geärgert und wegen ihres Stotterns ausgelacht. Mit ihren dunklen Augen und Haaren wird sie als „Zigeunergöre" gescholten. Sie weiß nicht, was das bedeuten soll, nur dass es ein Schimpfwort ist. Sie weiß auch nicht, warum sie zusätzliche Milchportionen bekommt, wird aber auch deswegen von anderen Kindern angefeindet. Else hat gelernt, sich zur Wehr zu setzen, kratzt und beißt. Nein, sie lässt sich nichts mehr gefallen. Manche Lehrerinnen übersehen das kleine zierliche Mädchen mit ihren

Problemen, andere sind freundlich zu Else und fördern sie. Im Deutschunterricht zum Beispiel. Else muss nie vor der ganzen Klasse laut lesen. Die Lehrerin nimmt sie nach der Schule zu sich, übt mit ihr allein und bewertet sie einzeln, da fließen ihr die Worte viel leichter und mit weniger Stotterern von der Zunge.

Ein Unterrichtsfach mag das Mädchen besonders und hat dort auch immer gute Noten: Musik. Else singt noch immer leidenschaftlich gern und dem Klang ihrer Stimme kann niemand widerstehen. Aber auch in Russisch hat sie gute Noten. War sie besonders neugierig und hatte die Soldaten im Lazarett des Königin-Elisabeth-Hauses belauscht? Hatte sie dabei ein Gefühl für deren Sprache bekommen? Oder hat sie eine besondere Sprachbegabung? Wie dem auch sei, die Erfolge in diesen beiden Unterrichtsfächern machen ihr das Leben in der Schule erträglicher.

Und noch etwas ist nach dem Krieg in Elses Kinderwelt getreten: ein Stück eigene Familie. Ihre große Schwester Vera, die inzwischen schon erwachsen ist, und nicht weit entfernt vom König-Elisabeth-Haus, in der Jägerstraße wohnt, trifft sich regelmäßig mit ihr. Sie darf zwar nicht ins Heim, um die kleine Schwester zu besuchen, kann sie aber abholen.

Einmal bekommt Else von ihrer Schwester Söckchen geschenkt. Das ist etwas ganz Besonderes. Die Mädchen im Heim müssen sonst immer lange Wollstrümpfe tragen. Else zieht diese Söckchen an, wenn sie bei ihrer Schwester ist, und mit viel Freude und Stolz wird sie sich ihrer schönen Beine bewusst. Aber auf dem Rückweg, kurz bevor sie das Heim erreicht, versteckt sie sich hinter einer Hausecke, zieht die Söckchen aus und die Wollstrümpfe wieder an. Ganz tief verbirgt sie die Söckchen in ihrer Rocktasche. Dass nur niemand von den Erzieherinnen diesen kleinen Schatz sieht und ihr wegnimmt. Ähnlich tut sie das mit Haarschleifen und Haarspangen, die sie geschenkt bekommt. Immer nur heimlich macht sie sich schön, wenn sie in die Stadt will, und legt schützend die Hand auf den Kopf, solang man sie noch vom Heim aus beobachten kann. Es könnte ja sein, dass oben im Haus ein Fenster aufgeht und eine der strengen Schwestern herausschaut.

Auf dem Weg von der Schule zurück ins Kinderheim geht Else im Winter oft erst in die Wohnung ihrer Schwester, die bis in den späten Nachmittag hinein auf Arbeit ist, und heizt dort den Ofen. Vera revanchiert sich dafür, indem sie ihr, als es draußen wieder warm ist, das Schwimmen beibringt.

Schließlich, an einem Spätsommertag des Jahres 1951 zieht die sechzehnjährige Else für immer die Tür des Königin-Elisabeth-Hauses hinter sich zu. In der Tasche hat sie ein Abschlusszeugnis der Grundschule, im Kopf ein Vorhaben, von dem sie niemand abbringen kann: Sie will Kindergärtnerin werden, mit Kindern arbeiten, unbedingt!

Man hatte ihr auch angeboten, ins Mutterhaus der evangelischen Gemeinde zu ziehen. Aber was sollte sie dort? „Mutter" – ein Wort, dass in Elses Leben bisher keinen Platz gefunden hat

Elses Mutter Frieda

Else hat ihre Mutter nie bewusst kennengelernt. Sie war erst fünf Wochen alt, als man sie der damals fünfunddreißigjährigen Frieda aus den Armen riss. Die Frau, die mit dem Kind aus dem Haus auf die Straße gerannt war, wurde direkt ins Krankenhaus gebracht. Sie hatte ihre jüngere Tochter nicht richtig versorgen und ernähren können, war überfordert und verzweifelt. Und verwirrt. Und lief mit dem winzigen Baby im Arm durch die Straßen, immer weiter hinein in diese Verwirrung. Sie litt unter einem zweiten Schub ihrer psychischen Erkrankung. Den ersten Schub hatte sie im Alter von zwanzig Jahren, wurde vier Jahre lang in der Landesheilanstalt Neuruppin behandelt und konnte nach ihrer Entlassung ein Leben führen, wie es ihrem Alter und den Normen dieser Zeit entsprach. Sie heiratete, brachte ihr erstes Kind, die Tochter Vera, zur Welt und kümmerte sich gut um ihre Familie. Zehn Jahre nach ihrer ersten Schwangerschaft wuchs wieder ein

Kind in ihrem Bauch heran, und als es auf die Welt kam, war plötzlich alles ganz anders. Sie war ihrer Mutterrolle dieses Mal nicht gewachsen. In den Augen ihres Mannes, der Schwiegermutter und Nachbarn versagte sie und war sich ihres Totalausfalls nicht einmal bewusst. Da konnte wohl nur ein weiterer Klinikaufenthalt helfen. Möglicher Weise würde der sich wieder über einige Jahre hinziehen. Vera und die kleine Else mussten von Vater, Großmutter und einer Erzieungshilfe so gut wie möglich versorgt werden. Was diese Klinikeinweisung und die schnell gestellte Diagnose Schizophrenie für Frieda in den kommenden Jahren bedeuten würde, konnte zu dieser Zeit wohl noch niemand ahnen.

Mit der kleinen Else hat weder Vater noch Oma über ihre Mutter gesprochen. Es gab sie in ihrem Leben einfach nicht. Vielleicht erzählte man ihr etwas von einem Krankenhausaufenthalt, aber Else verband damit keinerlei Vorstellungen. Bis zu ihrem sechsten Lebensjahr hätte das wenigstens noch einem Anschein von Wahrheit entsprochen. Ein Bild darüber, wie ihre Mutter in den psychiatrischen Anstalten in Brandenburg-Görden und Neuruppin erniedrigt und gequält wurde, hätte sich das Kind nie machen können. Dass man das Leben ihrer Mutter als „lebensunwert" bezeichnete und ihre Ermordung im August 1940 als „Euthanasie" – das wäre völlig unbegreiflich gewesen für eine Kinderseele, die tief in sich die Sehnsucht nach einer Mutter begraben hatte.

Else besitzt weder Erinnerungen noch Andenken an ihre Mutter. Das Einzige, was von Frieda geblieben ist, sind Akten mit Krankengeschichten und ärztlichen Befunden. Und zwei Briefe befinden sich in diesen Unterlagen, die die Mutter an ihren Ehemann und an die ältere Tochter geschrieben hatte. Diese Briefe haben die Anstalt nie verlassen, wurden den beiden, an die sie gerichtet waren, nie zugestellt. Stattdessen sind sie noch heute in Archivakten zu finden.

„Görden/Brandenburg 3.6.37

Lieber Papi!

Hier in der Anstalt gefällt es mir gar nicht. Sei doch so freundlich und hole mich ab. Verschiedene Pflegerinnen haben mich schon an die Gurgel gepackt. Wie geht es dem Verale und Elsekind? Ist denn Verachen auch in der Hitlerjugend. Weißt du Willichen, da würde ich sie nicht mehr hinlassen. Die Kinder gewöhnen sich das rumtreiben an. Ich bin mit den Gedanken immer bei dir. Ich beschäftige mich. … Manche Patienten sind noch gefährlicher als die Pflegerinnen, Willichen, oder nimmt man die angestellten Damen. Deine Postkarte habe ich bekommen. Danke dir ganz lieb dafür. Pfingsten habe ich von der Unterpflegerin Caroline eine Ohrfeige bekommen, weil ich hinter ihr die Tür zugeschlossen habe. Die Agnes Netzel hatte es gesagt. Die hat mich aufgehetzt.

Nicht einmal ein Paket schickst du mir Willi. Pfingsten hast du mir auch keines geschickt. Was verdienst du denn in der Arbeit. …

Lernt Verachen jetzt leichter in der Schule?

Sogar meine Briefe die du mir schreibst sind auf. Was Eheleute anbetrifft an Briefschaften macht man doch nicht auf.

Du Papa in der Nacht ist mir das Nachtgeschirr umgestürzt. Dann habe ich es mit einer Hand aufgewischt. Ich habe gar nichts an. Nur ein Schlüpfer, ein Anstandskleid mit Schürze, dann ein Paar Strümpfe und 1 Paar Schuhe. Wenn du kommst, bringe mir immer genug mit. Ja sei so liebenswürdig. Bin ich hier im Anstaltsgarten, dann bin ich die Blamierte. …

Willi, grüße die Eltern von mir. Und sei du vor allem herzlich gegrüßt und geküsst von deiner Frau Frieda"

„Görden/Brandenburg 3.6.37

Mein liebes Verachen!

Wie geht es dir denn. Am fünften Mai hattest du doch Geburtstag. … Fällt dir das Lernen in der Schule noch immer schwer. Was sie auch von Euch kleinen Bälgern alles schon jetzt verlangen. Vera, du sag mal mein

Liebling, wäre es nicht besser, du gehst nicht mehr in die Hitlerjugend. Verachen, du versäumst wirklich nichts. Deine 8 Schuljahre wirst du herunterkriegen und dann bleibst du bei Papa und Mama. Was macht denn dein Schwesterchen Elselein. …

Gruß Mutti"

Else sieht diese Unterlagen erst, als sie schon seit vielen Jahren erwachsen ist und das Schicksal ihrer Mutter einordnen kann in die millionenfachen Morde der Nationalsozialisten an unschuldigen Männern, Frauen und Kindern. Das macht den Schmerz aber nicht erträglicher und kann die Schatten, die über ihrer Kindheit und Jugend lagen, nicht nachträglich beiseiteschieben.

Else hatte die Zähne zusammengebissen und sich von Anfang an ohne Mutter und seit ihrem siebten Lebensjahr auch ohne Vater durchs Leen geboxt.

Die ersehnte Ausbildung

Nun steht die Sechzehnjährige mit ihrem Pappköfferchen vor dem Kinderheim. Wo soll sie hingehen? Ohne Familie, ohne Geld, ohne Wohnung, ohne Arbeit. Vielleicht zu ihrer Schwester Vera, ja. Doch die hat selbst schon eine Familie und keinen Platz mehr für das junge Mädchen.

Wen gibt es sonst noch, wer hat ihr jemals geholfen? Else hat keinen Anker, an dem sie ihr bisheriges Leben festhaken könnte. Sie weiß nicht einmal, auf welchem Friedhof ihre Eltern beigesetzt wurden, nicht wann und wo das gewesen sein könnte, hat keine Sterbeurkunde von ihnen. Vera kann ihr die Fragen nach Mutter und Vater nicht beantworten. Und sie kann ihr auch nicht sagen, wer Waltraud ist. Waltraud – dieser Name steht in den amtlichen Papieren ihres Vaters als seine zweite Tochter, jünger als Else. Else selbst jedoch ist in keinem Dokument der Akte zu finden, die die Sachbearbeiterin aus dem großen Rollschrank zieht, aus dem Kasten mit der

Aufschrift: „Bo – By". Ihr Antrag auf Waisen-
rente kann nicht bewilligt werden, denn es gibt sie
nicht als Tochter ihres Vaters Willi und seiner
Frau Frieda. Vielleicht hatte man sie auslöschen
wollen, während der Herrschaft der Nationalsozialisten – sie als Kind einer psychisch kranken
Mutter. Vielleicht war es ja ein Glück für sie, dass
sie im evangelischen Kinderheim aufgefangen,
aufgehoben wurde.

Else kommt sich vor, wie ein Vögelchen auf einem großen Acker, das nach ein paar Körnern
sucht und nicht weiß, in welche Richtung es fliegen soll. Sie denkt nach und erinnert sich an die
Deutschlehrerin, die ihr das Lesen beigebracht
und sie stets in Schutz genommen hat. Einmal
war sie sogar bei dieser Frau daheim. Ja sie wird
das Haus wiederfinden.

Mit klopfendem Herzen steht Else vor der Tür,
drückt den Klingelknopf, wartet bis sich die Tür
öffnet und sie mit erstauntem Blick hereingelas-
sen wird. Die Sechzehnjährige fühlt sich fremd in
dem Zimmer, in das sie die Lehrerin führt. Große

Schränke aus Holz, ein runder Tisch mit bestickter Decke und vier Stühlen, Regale voller Bücher und ein geräumiger Schreibtisch am Fenster. Die Frau bringt Tee und Gebäck. „Iss erstmal etwas, Mädchen, du hast es nötig, und dann erzähle." Else hat nicht viel zu sagen, sie ist erfüllt von der einen Frage: Was soll sie jetzt tun? Ein ganzes Wochenende lang darf sie in der schönen und warmen Wohnung bleiben und verspricht, sich gleich am Montag um eine neue Unterkunft zu kümmern. In ein leeres Schulheft schreibt sie mit Hilfe der Lehrerin ganz genau, Schritt für Schritt, was sie tun muss, um sich ihren Wunsch erfüllen zu können und Kindergärtnerin zu werden. Als erstes zur Abteilung Volksbildung beim Rat der Stadt gehen, denn Kindergärten gehören zur Volksbildung. Dort fragen, wer für die Ausbildung von Erzieherinnen verantwortlich ist. Wenn sie das entsprechende Büro gefunden hat, soll sie außer ihrem Ausbildungswunsch unbedingt drei Dinge sagen: dass sie weder Geld besitze, noch eine Wohnung, noch eine Familie, bei der sie unterkommen könne.

„Kindergärtnerinnen werden gebraucht, die können dich nicht einfach wieder wegschicken. Keinesfalls darfst du dich wegschicken lassen, solange du noch nicht weißt, wo du hingehen kannst!", schärft ihr die Lehrerin ein.

"Aber wenn ich aufgeregt bin, stottere ich doch noch immer so sehr. Kann ich denn trotzdem Kindergärtnerin werden?" Auch für dieses Problem gibt es eine Lösung. Der freundliche Kinderarzt, der das Mädchen schon seit Langem kennt, wird ihr bescheinigen, dass sie trotz des „Sprachfehlers" Kinder erziehen kann.

Else macht alles so, wie sie es bei der Lehrerin ins Schulheft geschrieben hat und benutzt auch die von ihr vorgeschlagenen Sätze, als sie der Verantwortlichen für Kindergärten beim Rat der Stadt gegenübersitzt. Von gestern auf heute ist sie vom Mädchen aus dem Kinderheim zu einer jungen Frau geworden, die mit „Sie" angesprochen wird und die sich selbst darum kümmert, eine

Wohnstätte zu finden und Geld für ihren Lebensunterhalt zu verdienen.

„Kindergärtnerin wollen Sie werden? Das ist gut. Einen Schulabschluss haben Sie?" Else schiebt ihr Zeugnis über den Schreibtisch. „Achte Klasse? Nun ja, die Kriegsjahre, dazu Vollwaise, Kinderheim, ach herrje. Da müssen Sie aber noch ein Vorbereitungsjahr absolvieren, eine Zeit als Vorschülerin, bevor Sie die Ausbildung zur Kindergärtnerin beginnen können." Die Sachbearbeiterin blättert in einem dicken Aktenordner. Else rutscht unruhig auf ihrem Stuhl nach vorn. Gerne hätte sie verfolgt, wonach die Frau sucht. Sie ist sich nicht sicher, ob die ihr Problem wirklich verstanden hat. Deshalb sagt Else nochmal leise, doch mit Nachdruck: „Ich will unbedingt Kindergärtnerin werden, aber ich muss auch Geld verdienen, jetzt gleich. Und ich brauche eine Wohnung."

Die Frau hinter dem Schreibtisch seufzt. „Eine Wohnung, Kindchen, wo soll ich die denn herzaubern." Hatte sie wirklich „Kindchen" gesagt?

Else sackt auf ihrem Stuhl zusammen, besinnt sich dann auf die Worte der Lehrerin: Immer aufrecht und gerade gehen und sitzen, den Kopf nach oben!

„Ja, ich verstehe schon", murmelt die Stimme über dem Aktenordner und wird dann plötzlich laut und entschieden. „Hier ist es: Der Kindergarten in Bornstedt, in der Amundsenstraße. Die brauchen eine Helferin und haben ein möbliertes Zimmer, in dem niemand wohnt. Da können Sie unterkommen. Stellen Sie sich dort vor, am besten gleich jetzt. Sagen Sie, dass ich Sie geschickt habe. Na ja, ich kann auch dort anrufen. Und wenn Sie die Stelle nehmen wollen, kommen Sie wieder zurück zu mir, ich bereite schon mal den Arbeitsvertrag vor. Viel werden Sie nicht verdienen als Ungelernte, aber zum Leben reicht es. Und eines gleich von Vornherein: Eine andere Stelle, wo Sie auch wohnen können, kann ich Ihnen nicht bieten."

Eine andere Stelle? Wieso denn? Die Gedanken in Elses Kopf fahren Kettenkarussell. So ein

Karussell hatte sie früher einmal auf einem Herbstfest gesehen. Das muss glücklich machen, dachte sie damals, wenn sich alles im Kreis dreht: Alles wird gut, alles wird, alles gut! Kindergärtnerin, sie darf in einem Kindergarten arbeiten, sogar dort wohnen … Was kann es Schöneres für sie geben?

Beim Austeilen des Essens helfen, die Wache beim Mittagsschlaf übernehmen, die Fußböden wischen, die kleinen Waschbecken und Toilettenschüsseln säubern, den Kindern beim Binden der Schnürsenkel helfen, wenn es raus an die Luft geht. Was an Arbeit anfällt, von früh um sieben bis nachmittags um fünf Uhr, erledigt Else zur Zufriedenheit der Erzieherinnen und der Leiterin des Kindergartens. Sie tut einfach, womit man sie beauftragt. Das kann sie, das hat sie in den Jahren im Heim verinnerlicht.

Die Abende aber, und die Wochenenden von Samstagmittag an, wenn alle Kinder abgeholt sind, gehören ihr allein. Deshalb mag sie Dienste am Sonnabend besonders gern. Sie sind kurz und enden, wenn die Sonne noch ganz hochsteht und Else hinaus lockt, auf die Wiesen und Felder ringsum oder in den nahegelegenen Wald des Katharinenholzes.

Anfangs fühlt sie sich noch einsam und weiß nicht so recht, was sie mit den Stunden anfangen soll, die nur ihr gehören. Aber bald schon lernt sie andere junge Leute in ihrer Wohngegend kennen. Es gibt eine FDJ-Gruppe in Bornstedt, von der sie aufgenommen wird. Else lacht und singt mit den anderen Jugendlichen und geht mit ihnen gemeinsam ins Kino. Die Jungen wundern sich, dass sie noch nicht Radfahren kann und bringen es ihr bei: „Steig einfach auf und trete kräftig in die Pedalen." Zwei Jungen rennen links neben ihr her, zwei rechts von ihr und Else tritt kräftig, damit sie nicht umfällt. Einige Tage später fahren sie schon die Potsdamer Straße hinunter zum Obelisken, wo das Kino ist. Es ist nicht weit und macht Spaß, einfach hinab zu rollen. Das neue Gefühl von Geschwindigkeit ist berauschend. Elses Haare, die sie in ihrer Freizeit nicht mehr zu

Zöpfen bindet, sondern bald kurz schneiden lassen will, wehen im Fahrtwind.

Die Zopfhalter, die sie einmal von der Schwester ihrer Mutter geschenkt bekommen hatte, trägt sie längst nicht mehr. Die hatten ihr sowieso nie gefallen. Die Tante lebt in Westberlin, hat die anderen Kinder der Familie reich beschenkt, aber sie bekam nur diese Zopfhalter. „Was ist denn das für eine?", schien der Blick der Tante zu fragen. Else ging dort nie wieder hin.

Unten am Obelisken angekommen, zeigt sie den anderen, wo das Kinderheim ist, in dem sie gelebt hatte. Sie erzählt ihnen, wie streng und manchmal auch ungerecht es dort zugeht. Die jungen Leute sind empört. „Jetzt könnte ich mich rächen", denkt Else laut nach, „vielleicht Klingelrutsche?". Insbesondere die Jungen aus der Gruppe nehmen diesen Gedanken gern auf. Und – sozusagen im Namen der Gerechtigkeit und als Beschluss der FDJ-Gruppe – wird kräftig und lang auf alle Klingelknöpfe des Königin-Elisabeth-Hauses gedrückt. Noch ehe oben die

Fenster aufgehen und eine der Schwestern vor die Haustür getreten ist, sind die jungen Leute entweder gar nicht mehr zu sehen, oder sie spazieren als harmlose Fußgänger auf der anderen Straßenseite entlang und machen sich hinter vorgehaltener Hand über die Erzieherinnen des Heimes lustig.

Das Jahr in Bornstedt vergeht schnell, Else bekommt ihre Zeit als Vorschülerin bestätigt, sie hat sich bewährt. Nun kann sie sich an einer Pädagogischen Schule für Kindergärtnerinnen bewerben. Ihr werden einige dieser Schulen genannt, und Else entscheidet sich für Bad Frankenhausen. Der Name dieses Ortes gefällt ihr, besonders der Vorsatz „Bad" macht sie neugierig, sie war noch nie in einer Stadt, die als Bad bezeichnet wird. Sie war überhaupt noch nie in einer anderen Stadt.

Else findet sich im Spätherbst 1952 in einem Klassenraum mit Schultischen ein. Täglich sitzt sie jetzt wieder in der Schule, gemeinsam mit anderen jungen Mädchen. Die meisten von ihnen sind etwas jünger als sie, begrüßen sich lachend, schnattern durcheinander, in einem an Singsang erinnernden Akzent, der Else fremd ist. Sie ordnen ihre Frisuren und zupfen an schmucken Kleidern herum. Else steht abseits in ihrem einfach geschnittenen Rock und der glatt gebügelten Bluse. Sie sucht sich schnell einen Platz, hinten in der Ecke, nur nicht auffallen, nicht in Gespräche hineingezogen werden. Es ist alles so neu und fremd hier, wenn sie jetzt etwas sagen müsste, würde sie gnadenlos stottern.

Draußen ist es schon kalt, aber noch liegen Kartoffeln auf dem Acker, die von der Ernte übriggebliebenen sind, die nachgelesen werden müssen, bevor der Frost kommt. Und Rüben sind auch noch zu ernten. Else kennt derartige Ernteeinsätze von Schülern nicht, aber in Thüringen - wie andernorts auch – ist das so üblich. Sie besitzt keine lange Hose, muss immer wieder in Rock und Wollstrümpfen aufs Feld und müht sich ab. Die anderen Mädchen, viele unter ihnen stammen aus Bauernfamilien, beobachten sie heimlich und reden hinter vorgehaltener Hand über sie. Wieder fühlt sich Else allein und hofft doch, dass das Eis irgendwann taut.

Auch im Unterricht hält sie sich zunächst mit Melden und Reden zurück. Aber ihre Hausaufgaben erledigt sie stets vollständig, liest die vorgegebenen Seiten der Lehrbücher, manchmal auch noch mehr und führt ihre Hefte sehr ordentlich. Sie tut alles, was die Lehrerinnen von ihr verlangen, sie will eine gute Kindergärtnerin werden.

Nur eine Schülerin aus ihrem Jahrgang wird, wie Else, noch während der Ausbildung volljährig und lebt mit ihr zusammen in einem möblierten Zimmer. Aber diese beiden jungen Frauen passen nicht gut zueinander, sie werden keine Freundinnen.

Die anderen Mädchen der Klasse wohnen zu Hause bei ihren Eltern oder im Internat, Else hat wenig Kontakt zu ihnen. Sie leben in einer anderen Welt, sind zumeist Töchter von ertragreichen Bauernhöfen aus der Umgebung der

Thüringischen Kleinstadt. Eine Gegend mit sehr fruchtbarem Lössboden. Da liegt viel Butter und Wurst zwischen den Scheiben der Frühstücksbrote. Das eine oder andere Mal wird sie in diese Familien eingeladen, von Mitschülerinnen, die Kontakt zu ihr suchen, oder ihr einfach nur etwas Gutes tun wollen. Else zieht frisch gewaschene und gebügelte Blusen an, erscheint pünktlich und ist freundlich. Sie setzt sich an reich gedeckte Tische, und dann – wird erst einmal gebetet, bevor es etwas zu essen gibt. Else faltet die Hände und schluckt, es gibt wenig, was sie im Kinderheim so gut gelernt hat, wie das Beten.

Und schon sitzt sie in Gedanken wieder im Speisesaal zwischen den anderen Heimkindern. Eine Wespe kommt zum Fenster hereingeflogen, direkt auf sie zu, und sticht. „Aua" ruft sie laut und wird sofort mit einer Ohrfeige zurechtgewiesen. „Sowas muss man doch aushalten, ohne beim Beten ‚aua' zu schreien, sagt die Erzieherin barsch.

Else schreckt aus ihrer Erinnerung auf, blickt sich am Familientisch um. Ein Geschwisterkind der Mitschülerin lässt laut die Gabel auf den Tellern fallen, es klirrt.

Und schon wieder ist Else mit ihren Gedanken im Heim: Sie hat Tischdienst, soll beim Eindecken helfen. Eine der Schwestern schimpft, weil die Mädchen irgendetwas nicht schnell genug erledigt haben. Sie wird immer wütender und lässt einfach den Stapel Teller mit Wucht auf den Boden fallen. Es klirrt und scheppert. Die Mädchen müssen die Scherben zusammenfegen und das Mittagessen fällt an diesem Tag aus, schließlich sind ja die Teller kaputt.

In der Familie der Mitschülerin gibt es natürlich Essen, viel und reichhaltig. Und es schmeckt und man ist nett zu ihr. Aber eine richtige Freundschaft kommt nicht zustande. Else ist die Einzige in der Klasse, die mit ganz wenig Geld auskommen muss. Das ist das Schwierigste für sie in den beiden Ausbildungsjahren an der Kindergärtnerinnenschule. Sie fühlt sich wieder allein in ihrer

Armut. Wie schön war dagegen das Jahr als Vorschülerin im Bornstedter Kindergarten. Sie hatte ihr eigenes Einkommen und konnte außerhalb der Dienstzeiten damit tun, was sie wollte.

Else will die Ausbildung vorzeitig abbrechen, um dann als Erziehungshelferin Geld verdienen zu können. Ihre Lehrerinnen und Lehrer schütteln den Kopf: „Du bist doch gut, Else, warum willst du denn aufhören? Wer, wenn nicht du mit deinem Fleiß, sollte die Ausbildung schaffen. Mach weiter, halte durch. Dann hast du einen vollen Berufsabschluss und musst nicht als Hilfskraft arbeiten. Als voll ausgebildete Kindergärtnerin wirst du auch viel mehr verdienen als eine Erziehungshelferin." Die Lehrkräfte der Schule überzeugen Else und sie erreicht einen guten Prüfungsabschluss – in den meisten Fächern eine Zwei. Auch eine Eins ist dabei: natürlich in Musikerziehung.

Und was ist das Beste in den beiden Jahren in Bad Frankenhausen? Die praktische Ausbildung in einem Kindergarten der Stadt, die macht Else

Freude, dafür lohnen sich die Mühen der Unterrichtsstunden. Die Schülerinnen der Kindergärtnerinnenausbildung bereiten Gruppenbeschäftigungen vor, Basteln, Malen oder – und das ist Else das Liebste – Singen. Nun erleben sie selbst, ob ihre vorbereiteten Beschäftigungseinheiten den Kindern Freude machen und die Kleinen etwas dabei lernen können.

Außerdem gibt es noch den Chor! Die Pädagogische Schule hat einen Chor, einen sehr guten sogar. In dem kann Else mitsingen. Und mit ihm fährt sie wenige Wochen vor Ausbildungsabschluss nach Berlin zum Zweiten Deutschlandtreffen der Jugend. Was für ein Fest! Mit zigtausenden Jugendlichen aus ganz Deutschland zusammen sein. Gemeinsam singen, tanzen, lachen. Neue Freunde kennenlernen und mit ihnen frei und frohen Mutes durch die Stadt ziehen – was kann es Schöneres geben nach zwei Jahren hartem Lernen. Sie ist glücklich.

Else hat die Erfahrung gemacht, dass sich unermüdlicher Fleiß in guten Noten auszahlt. Die sind jetzt viel besser als die Zensuren damals in der Volksschule. Auf ihren Abschluss kann sie zurecht stolz sein und ihn mit hocherhobenem Kopf in ihren zukünftigen Arbeitsstellen vorlegen.

Erste Berufsjahre

Pünktlich am ersten September 1954 steht Else morgens vor der Tür ihrer ersten Arbeitsstelle, dem Kindergarten in Woltersdorf. Den hat sie sich nicht selbst ausgesucht, nein. Mit dem Beginn ihrer Ausbildung zur Kindergärtnerin hatte sie sich dazu verpflichtet, in den ersten drei Berufsjahren dort zu arbeiten, wo sie am nötigsten gebraucht wird. Diese Regelung gilt für alle pädagogischen Fachkräfte in der DDR.

Else wird am nötigsten im Kreis Luckenwalde gebraucht, und die dortige Abteilung Volksbildung schickt sie in einen Dorfkindergarten. Da gibt es außer ihr gar keine andere Erzieherin. Die Neunzehnjährige ist von einem Tag zum anderen Kindergärtnerin und gleichzeitig Kindergartenleiterin, eine Stelle mit achtundvierzig Arbeitsstunden pro Woche, die nicht ausreichen, um alles zu schaffen.

Das Haus, in dem sich der Raum für die Kinder befindet, gehört der Gemeinde. Die Tür ist schon aufgeschlossen und eine Frau, viel älter, größer und kräftiger als Else, steht zur Begrüßung bereit. Sie stellt sich vor, als die, die hier das Sagen hat, für Ordnung und Sauberkeit sorgt, jeden im Dorf kennt, und der Neuen die Richtung weist. Else schwankt zwischen Freude darüber, dass sie in ihrem ersten Kindergarten doch noch jemanden zur Seite hat und Ärger über die Anmaßung dieser Frau, ihr, der Leiterin, Vorschriften zu machen.

Die Mütter, die nach und nach erscheinen, um ihre Kleinen abzugeben und auch die älteren Kinder, die schon ganz allein zum Kindergarten gehen, wenden sich jedenfalls zuerst an die – ja was eigentlich: Reinigungskraft, Hausmeisterin? – sie ist ihnen vertraut. Else wird von den Ankommenden zurückhaltend begrüßt und neugierig beäugt: Eine ganz junge Frau, zart und recht klein, soll das etwa die neue Kindergärtnerin sein?

An diesem Morgen sind auch Mädchen und Jungen dabei, die zum ersten Mal hierherkommen, mit Schuljahresbeginn neu im Kindergarten aufgenommen werden, weil ja die bisher ältesten jetzt ein paar Häuser weiter in der Dorfschule die Bänke drücken. Die Kleinen schauen ängstlich von ihren Müttern zu Else, die sie an die Hand nimmt, und in den Gruppenraum begleitet. Sie tröstet und wischt Tränen ab, während die Mütter schon unterwegs zum Feld oder in den Stall sind. Trösten kann Else besonders gut, sie kennt und versteht die Unsicherheit und den Schmerz der Kleinen. Aber es ist schwer, jedem dieser Jungen und Mädchen gerecht zu werden. Sie streichelt die Jüngsten und hält ihre Händchen, während die Großen sich schon Spielzeug aus dem Regal holen, und zwischen den drei roten Bänken und den beiden langen Holztischen umhertoben, lachen und streiten. An der Wand stehen ein Bücherschrank und die zusammengeklappten Liegen für den Mittagsschlaf. Essen bringen die Kinder in einem kleinen Kochtopf von zu Hause mit. Die andere Frau, die ihr beim Putzen und allen technischen Dingen zur Hand geht, wärmt das Essen zu Mittag in einer provisorischen Küche auf. Wären alle angemeldeten Kinder heute anwesend, würden es fünfzehn sein.

Else muss aufpassen, dass sie sich vertragen, dass niemandem etwas passiert. Dann kommt von der kleinen Gabi schon das erste: „Ich muss auf Toilette, Tante Else!" Sie kann aber das Kind nicht einfach an die Hand nehmen, um mit ihm hinaus auf den Hof, zu dem kleinen Holzhäuschen mit Plumpsklo zu gehen. Sie darf ja die anderen nicht allein im Raum zurücklassen. Und sie kann die kleinen unter ihnen auch nicht allein zur Toilette schicken, die Öffnung des Plumpsklos ist sehr groß. Die Dorfkinder sind zwar damit vertraut, kennen das von zu Hause, aber Else befürchtet trotzdem, ein Kind könnte hineinfallen. Also vertröstet sie die kleine Gabi: „Halte noch ein wenig aus, wir gehen dann gemeinsam raus, und dann können alle auf Toilette, die das möchten. Und ich helfe Euch dabei." Egal, ob Sonnenschein oder Regen, etwa alle zwei Stunden gehen die Kinder gemeinsam mit Else auf den Hof, und wer will kann zur Toilette. Der kleinen Gabi muss sie helfen, sagt zu den anderen: „Wartet hier draußen und macht keine Dummheiten." Aber es dauert, Gabi muss sich sehr anstrengen und hinterher muss der Po noch sauber gewischt werde. Mit einzelnen Stücken aus Zeitungspapier. Das Sammeln und Zerreißen der Zeitungen ist Aufgabe der Reinigungskraft. Else steckt, während Gabi auf dem Klo sitzt, kurz ihren Kopf durch die angelehnte Tür, um nachzuschauen, was die Kinder draußen machen, hilft Gabi noch, die Unterwäsche und den gestrickten Rock zu ordnen, dann sind die beiden wieder draußen und Ingrid, ein größeres Mädchen, verschwindet im Holzhäuschen. Die kann das schon alles alleine. Nur gut, denn Bernd und Manfred streiten sich gerade um eine Schaufel, die auf der Wiese liegt, sie schreien, und Else muss dazwischen gehen, damit keiner das Gartengerät an den Kopf bekommt. Inzwischen kreischt Sabine auf. Sie wollte Waschwasser aus der Pumpe mit dem schweren Schwengel in eine der drei Schüsseln füllen, die auf einer Bank bereitstehen, und hat sich dabei von oben bis unten nass gemacht. Während Else auf einige der großen Jungen, die Sabine auslachen, einredet, streicht sie dem nass gewordenen Mädchen über den Kopf und denkt darüber nach, wo sie ein Kleid zum Wechseln hernehmen soll. Inzwischen ist Ingrid wieder aus der Toilette raus und Bernd verschwindet in dem Häuschen. Else muss darauf achten, dass sie sich hinterher alle die Hände waschen, bevor sie wieder zurück ins Haus gehen. Einen Waschraum gibt es in diesem Kindergarten nicht.

In ihrem Schulheft aus der Ausbildung steht, was für die jüngste Gruppe bezüglich der Hygiene wichtig ist: *„Die Kinder lernen, die Toilette zu benutzen, sie sauber zu halten, und das Toilettenpapier zu gebrauchen, nach Benutzung der Toilette die Kleidung richtig zu ordnen und sich die Hände zu waschen. Sie werden daran gewöhnt, allein auf die Toilette zu gehen."*

In Elses erstem Kindergarten gibt es keine Gruppen, alle sind zusammen in diesem einen Raum, sie muss sich genau einprägen und immer blitzschnell entscheiden, was die oder der entsprechende Kleine schon kann, und was noch zu lernen ist. Aber wie soll sie in dieser Einrichtung all die Dinge realisieren, die sie in der Kindergartenschule gelernt hat? Spielen, Turnen, Singen, Musizieren, Malen und Basteln. Spracherziehung, Mengen, Formen, Zeit und Raum. Natur und Gesellschaft. Für alles kennt sie Beispiele, Methoden und Ziele, sortiert nach dem Alter der Kinder.

Da sitzen sie nun alle um Else herum, blicken sie erwartungsvoll an, und sie macht das, was sie am allerbesten kann - Musikerziehung. Aber sie muss sich entscheiden: Ist es gut *„Tut, tut, tut, das Auto kommt"* gemeinsam zu singen, was die Großen längst kennen, schon langweilig finden, die Kleinen aber erfassen könnten? Oder lieber *„Wir fahren mit der Eisenbahn"?* Daran haben die Großen Spaß, die Kleinen gucken nur erstaunt und können nicht mithalten. Also am besten ein Lied, dass für Kinder einer mittleren Gruppe passen könnte: *„Wenn Mutti früh zur Arbeit geht"*. Das ist für alle verständlich und nicht langweilig, weil es aus einer anderen Kinderwelt erzählt. Denn niemand von den Mädchen und Jungen in diesem Raum bleibt - wie es in dem Lied heißt - zu Hause, wenn Mutti früh zur Arbeit geht. Sie gehen dann ja alle in den Kindergarten.

Wenn Else am Abend von der Arbeit kommt, ist sie müde und nicht zufrieden. Sie sitzt in ihrem Zimmer, das sie von der Gemeinde zugewiesen bekam: Das Herrenzimmer („Aber Herrenbe-suche sind nicht erlaubt!") in der großen Wohnung einer älteren Dame, deren Mann gestorben war. Sie fühlt sich sehr einsam, ihr fehlen die Mitschülerinnen, mit denen sie in den letzten Jahren täglich zusammen war. Oder wenigstens ein Mensch, mit dem sie sich unterhalten könnte. Die Leute im Dorf sind zwar froh, dass es diesen Kindergarten gibt, in dem sie ihre Kleinen abgeben können, wenn die Arbeit auf dem Feld und im Stall keine Zeit für deren Betreuung lässt.

Aber viele Frauen sind allein, Männer und Söhne im Krieg geblieben. Woher sollte da neben all ihren eigenen Sorgen noch Verständnis für dieses junge Ding von Erzieherin kommen?

Else ist abends allein in dem Herrenzimmer mit den alten dunklen Möbeln. Im Plüsch von Sessel und Couch und in den schweren braunen Vorhängen hält sich noch immer der Geruch kalten Zigarrenrauchs. Sie blickt sich im Raum um, sucht nach irgendetwas Hellem, Freundlichem, aber ihre Augen füllen sich so schnell mit Wasser, dass sie gar nichts mehr erkennen kann, dann lässt sie dem Schluchzen freien Lauf. Später versucht sie erneut, darüber nachzudenken, wie sie all die interessanten und wichtigen Aufgaben einer Kindergärtnerin, die sie in der Ausbildung kennengelernt hat, in diesem Dorfkindergarten erfüllen könnte. „Gar nicht, es geht hier nicht!" Doch Else will ihre Ideale von fröhlichen und gesunden Kindern im Kindergarten nicht aufgeben.

Sie kämpft um die Versetzung in eine andere Einrichtung, ist hartnäckig und klopft mehrmals beim Bürgermeister des Dorfes an. Der bringt in Erfahrung, dass das Kreiskrankenhaus in

Luckenwalde Personal für seinen Kindergarten sucht, eine Leiterin.

„Sie haben doch bereits einen Kindergarten geleitet, Fräulein Böttge, Sie können das doch.", heißt es in der Abteilung Volksbildung des Kreises Luckenwalde.

Also führt Else mit ihren zwanzig Jahren nun einen größeren Kindergarten. In vorschriftsmäßiger Dienstkleidung: weiße, zweiseitig tragbare Trägerschürze, stets sauber und frisch gestärkt. Hier gibt es helle, gut eingerichtete Gruppenräume und Wassertoiletten im Haus und einem Waschraum. Schon die kleineren Kinder können lernen, allein auf Toilette zu gehen. Mittags gibt es frisch gekochtes Essen aus der Krankenhausküche. Und das Beste: Im Garten ist ein großes Planschbecken, in das die Mädchen und Jungen an warmen Sommertagen über eine Rutsche ins Wasser plumpsen können. Das Jauchzen und Kreischen beim Eintauchen, die lachenden Kindergesichter - endlich erlebt Else das, was sie sich von ihrem Beruf erträumt hat.

Wieder muss sie achtundvierzig Stunden in der Woche arbeiten, Montag bis Sonnabend. Sie überlegt sich, was sie mit den Kindern malen und basteln kann, macht lustige Kreisspiele mit ihnen im Garten und einen gemeinsamen Ausflug in den Zoo. Glücklich blickt sie in große, neugierige Kinderaugen, bückt sich, um den Kleinen beim Binden der Schnürsenkel zu helfen, wenn sich die Schleifen ihrer Schuhe lösen. Sie singt und knetet und zählt mit den Kindern. Im Herbst sammeln sie Kastanien, die sie zum Förster bringen, für die Tiere im Winter. Und oft genug muss sie auch schimpfen und Streit schlichten und Tränen trocknen.

Die Anforderungen an sie als Leiterin wachsen. Ihre schwersten Arbeitstage sind die Montage. An denen kommen Schülerinnen aus einer nahegelegenen Erzieherinnenschule, höchstens vier Jahre jünger als sie selbst. Ihnen soll sie zeigen, wie man das richtig macht mit dem Bilden und Erziehen der Kinder. Die Schülerinnen sitzen an den Wänden des Gruppenraums und schauen

Else dabei zu, wie sie die Beschäftigung leitet. Es sind Vorschulkinder, mit denen sie heute Tiere aus Kastanien bastelt. Die schönsten und größten braunen Früchte hatte sie mit den Jungen und Mädchen dafür ausgesucht. Mit einem kleinen Nagelbohrer dreht sie Löcher in die Kastanien, sodass die Kinder vier Beine und einen kleinen Hals aus zerbrochenen Streichhölzern hineinstecken können. Da muss dann noch ein Kopf ran, aber so, dass jedes fertige Tier auch stehen kann. Für die kleinen, wenig geübten Kinderhände ist das eine komplizierte Aufgabe, für die kleine, wenig erfahrene Kindergärtnerin eine aufregende Herausforderung. Else wird bei allem, was sie tut, von den Schülerinnen beobachtet und fühlt sich kontrolliert, wird unsicher, die Hände schwitzen und sie hat Angst zu stottern.

Tage wie dieser belasten sie sehr. Auch die Leiterinnentätigkeit verlangt ihr viel Kraft ab, Kraft, die sie eigentlich für die Kinder geben wollte. Sie muss Elternabende durchführen, muss vor den Müttern und Vätern, die alle älter sind, als sie selbst, sprechen – vor einer Gruppe erwachsener Menschen, die auf jedes ihrer Worte achten und skeptisch angesichts der jungen Leiterin sind. „Nur nichts Falsches sagen, nur nicht stottern", kreist es in Elses Kopf, während sie spricht.

Und wieder kommt sie jeden Abend müde und kaputt in dem Zimmer an, das ihr als Wohnung dient. Ein Durchgangszimmer in einer großen Altbauwohnung, die von mehreren Mietsparteien bewohnt wird. Hier muss sie sich im Sommer selbst darum kümmern, dass sie den Raum im Winter heizen kann. Das ist neu für Else, sie erkundigt sich, wo man Kohlen bekommt und bestellt zwei Zentner, die im Herbst geliefert werden. Es wird schon dunkel, als sie an diesem Tag von der Arbeit nach Hause kommt, aber der große Kohlehaufen ist noch gut zu sehen. „Der muss schnell in den Keller", raten ihr die Nachbarn, „sonst liegen dort morgen vielleicht zwei Haufen." Else versteht das Augenzwinkern, Kohlen werden zugeteilt und sind knapp. Also macht sie sich mit Schaufel und zwei Eimern an die Arbeit und schleppt die Kohlen in den Keller. Die letzten unter Tränen. Dann noch die Straße fegen, so schwarz und voller Kohlengrus kann der Gehweg nicht bleiben. Am nächsten Morgen klingelt der Wecker wieder früh, aber Else hat die beruhigende Gewissheit, im Winter nicht frieren zu müssen.

Zurück in Potsdam

Bereits kurz vor Ende des Jahres 1955 gelingt es Else, ihren zunächst vorgegebenen Arbeitsort im Kreis Luckenwalde zu verlassen und eine Stelle als Gruppenerzieherin in einem Potsdamer Kindergarten zu finden. Endlich kann sie in ihre Heimatstadt zurück, dorthin, wo sie geboren wurde, aufgewachsen ist und wo sie an das einzige Stück familiäre Bindung, das ihr geblieben ist, anknüpfen kann: Ihre große Schwester und deren Familie. Else wohnt zunächst nahe der Potsdamer Waldstadt, wieder in einem möblierten Zimmer, dieses Mal bei einem älteren Ehepaar.

Aber im Unterschied zu ihrem ersten Arbeitsort in Woltersdorf fühlt sie sich nun nicht mehr einsam und allein. Jetzt sind ja die Schwester Vera und der Schwager Adolf ganz in ihrer Nähe. Und vor allem deren kleine Töchter. Susanne, die ältere der beiden, ist schon ein vierjähriges Kindergartenkind, und die jüngere Hannelore ist gerade zwei Jahre alt geworden. Die Eltern der kleinen Mädchen sind ständig beschäftigt, Vera arbeitet beim Rat des Kreises Potsdam Land und Adolf als Redakteur bei der Bezirkszeitung „Märkische Volksstimme". Beide sind Genossen der SED und viel für die Partei im Einsatz. Wie gut, dass Else nun in Potsdam arbeitet, sogar im betriebseigenen Kindergarten der Bezirkszeitung. Möglicherweise ist es dem Einsatz des Schwagers zu verdanken, dass Else noch vor Ende der drei „Pflichtjahre" in Luckenwalde schon nach Potsdam kommen konnte.

Für die junge Familie ist Else ein Glücksfall. Sie kümmert sich viel um die Kinder, wenn die Eltern unterwegs sind, nimmt die Große mit in den Kindergarten und kann sie abends nach Hause bringen. Bald widmen sich Vera und Adolf außer ihrem Beruf und der Parteiarbeit auch noch dem Projekt Eigenheim. Sie fassen beide kräftig mit zu beim Bau ihres Hauses, und haben ausreichend Beziehungen, um an Baumaterialien zu kommen. Als das Haus fertig ist, haben sie endlich genügend Wohnraum und auch Adolfs Mutter bekommt dort ein schönes Zimmer. Sie ist froh, nun bei ihrem Sohn zu leben und kümmert sich umtriebig um den Haushalt der jungen Familie. Alles klappt, der Alltag ist geregelt, jedes Familienmitglied hat seine Aufgabe. Auch Else. Nur für deren seelische Nöte, den stummen, tiefsitzenden Kummer des verwaisten Mädchens ist keine Zeit übrig. Ihre Schwester Vera ist aus anderem Holz geschnitzt, sie kennt kaum Tränen. Was zählt, ist Zupacken.

Auch Else packt zu auf ihrer neuen Arbeitsstelle. Es ist ein großer Kindergarten, in dem sie alles anwenden kann, was sie während ihrer Erzieherinnenausbildung gelernt hat. Sie ist Gruppenleiterin, und weil sie mit ihren Kleinen am liebsten singt, kauft sie sich ein Akkordeon vom selbstverdienten Geld und lernt als erstes, auf diesem Instrument Kinderlieder zu spielen.

Und Weihnachtslieder. Sie kennt noch so viele aus ihrer Kindheit im Heim, neue sind während der Ausbildung hinzugekommen. Zum Gesang in der Adventszeit dreht sich die kleine Tischpyramide des Kindergartens im Kerzenlicht und in der Ecke steht ein Nikolaus, den die Erzieherinnen aus Pappe gebastelt haben. Er ist größer als die Kinder, deren kleine Hände vorsichtig nach dem weißen Wattebart fassen. „Ist der echt?"

In Elses Gruppe ist auch der Sohn ihrer Vorgesetzten. Dieser Junge liebt Else besonders, was ihr die Achtung der Leiterin einbringt, vielleicht aber auch deren Eifersucht.

Während dieser Zeit beginnt die Freundschaft zwischen Else und Heidi. Die beiden lernen sich im Kanuclub kennen. Else mag die Seen und Flüsse, von denen Potsdam und seine Umgebung durchzogen sind. Sie hatte schon am Ende ihrer Ausbildung das Fahrtenschwimmerzeugnis erworben, kann also fünfundvierzig Minuten lang schwimmend im Wasser zubringen. Aber stundenlang auf dem Wasser in einem Boot – das ist noch viel besser, das ist das Schönste überhaupt. Wasser spendet Geborgenheit und Trost. Und die sportliche Herausforderung, das Zähne zusammenbeißen in Training und Wettkampf, lassen Else spüren, was sie kann, wozu sie fähig ist. Mit jeder Herausforderung, die sie meistert, erkämpft sie sich ein weiteres Stück des Selbstvertrauens, das sie so dringend benötigt.

Sie trainiert zusammen mit der neu gewonnenen Freundin Heidi im Vierer. „Else du bist hervorragend als Steuerfrau geeignet", sagen die anderen Kanutinnen und der Trainer. Und schon sitzt sie ganz vorn im Boot, bedient das Fußsteuer und gibt den Takt an.

Heidi stammt aus einer Familie leidenschaftlicher Kanuten und fährt auch selbst gern geneinsam mit ihren Eltern im Kanu auf den Havelseen in und um Potsdam. „Else komm doch mit, wenn wir am Wochenende rausfahren."

„Ja, warum nicht? Gerne!", sagt Else, und bald entwickelt sich eine tiefe Vertrautheit, auch zu Heidis Eltern. Gemeinsam befahren sie die Wasserwanderwege der Brandenburger Flüsse und Seen. Sie übernachten zusammen in einem Zelt, beobachten Reiher über dem Wasser, Kraniche an den Ufern und Störche, die in Tümpeln Frösche für ihre Jungen fangen. Im Herbst schauen sie zu, wie sich Wildgänse zu Flugformationen in Richtung Süden zusammenfinden. Sie fliegen in Gegenden und Länder, in die die beiden jungen Frauen nicht reisen können. Aber wenigstens zur Ostsee fahren sie mit Heidis Eltern in den Urlaub. Die Freundinnen vertrauen einander viel an, worüber sie sonst mit niemandem sprechen. Heidi erzählt von einem jungen Mann, mit dem sie bald immer häufiger die Wochenenden verbringt. Else hat kein Interesse an Männer. Und Gedanken an eine mögliche eigene Familie schiebt sie weit von sich. Sie will Kinder erziehen, ja, aber keine eigenen. Und singen möchte sie und auf dem Wasser sein, dann ist sie glücklich. Heidi lächelt in sich hinein, wenn Else etwas in dieser Art sagt, lächelt und wird still. Sie darf ihrer Freundin nicht alles anvertrauen, das weiß sie. Und Else ahnt nichts von dem was unausgesprochen bleibt.

Die Arbeit im Kindergarten der „Märkischen Volksstimme" ist anspruchsvoll und füllt sie aus. Die Leiterin ist streng. Else würde im Sommer gern auch mal in kurzen Hosen zur Arbeit kommen, weil sie ja hinterher gleich zum Kanutraining gehen will, da wäre das praktisch. Aber die Leiterin verbietet es: Rock und die obligatorische, saubere, frisch gestärkte, weiße Schürze mit schöner Schleife auf dem Rücken, natürlich aus gebügelten Bändern gebunden - das muss sein. Else fügt sich, und bald wird sie zur stellvertretenden Leiterin gekürt, und soll ihre Vorgesetzte auch immer wieder vertreten. Manchmal bekommt sie den Auftrag, zu Leiterinnentagungen zu gehen. Weil dort so viel und schnell gesprochen wird, und Else alles mitschreiben muss, um es später ihrer Vorgesetzten zu übergeben, besucht sie in der Volkshochschule einen Stenografie-Kurs und schließt ihn mit „Sehr gut" ab.

Nachdem sie drei Jahre lang im Kindergarten der Bezirkszeitung gearbeitet hat, wird sie zu einem Gespräch im Rat der Stadt, Abteilung

Volksbildung, eingeladen. Man sagt ihr, dass im Vogelsang 27a ganz in der Nähe der Ravensberge, nah am Waldrand, ein neuer Kindergarten entstehen soll. Ob sie sich vorstellen könne, diesen einzurichten und dann zu leiten.

Wie sollte sie ein solches Angebot ablehnen? Ein ganz neuer Kindergarten, in dem Wohngebiet, in dem Schwager und Schwester ihr Haus gebaut haben. Und sie darf ihn leiten und kann auch selbst mitentscheiden, wie es darin aussehen soll. Kann sie das jetzt schaffen, hat sie schon genügend Erfahrung? Schwester und Schwager raten ihr zu, schauen voller Stolz auf die kleine Else. Der Schwager, mit einem wohlwollenden Lächeln um den Mund, legt ihr die Hände auf die Schultern, die Hände, die er sicher bei der Auswahl Elses als neue Leiterin im Spiel gehabt hat. Und dann sagt er zu ihr: „Wenn du jetzt unseren Kindergarten hier im Wohngebiet leitest, solltest du aber auch Mitglied unserer Partei werden. Das ist für eine Leiterin wichtig."

Else sagt ja. „Ja!" zur Leitung des Kindergartens, aber „Nein!" zum Parteieintritt. Dann richtet sie 1958 den Kindergarten „Vogelsang" ein. Sie kniet sich mit Freude, Geschick und Einfallsreichtum in die Arbeit.

Das Haus hatte vormals einem Unternehmer gehört, der nicht ehrlich gewirtschaftet habe, so munkelt man im Wohngebiet. Deshalb habe man ihm das Haus weggenommen … Nun kümmert sich Else um das Gebäude: drei Gruppenräume für insgesamt etwa dreißig Kinder, dazu Toiletten und Waschraum, ein Büro und eine Küche, in der das Essen für die Kleinen gekocht werden soll.

Else plant, beantragt und bestellt viele kleine Tische und Stühle, Waschbecken und Toiletten, Puppen und Spielzeugautos, Bastelmaterial, Zeichenpapier und Stifte und Farben und vieles andere mehr. Im Garten müssen Klettergerüst und Schaukeln aufgestellt werden. Der Sommer ist sehr warm und als im Haus alles fertig ist, denkt sie an das Planschbecken, das der Kindergarten vom Luckenwalder Krankenhaus hat. So etwas auf ihrem Freigelände – das wäre toll! Sie spricht mit den Eltern ihrer zukünftigen Kindergartenkinder, alles Anwohner des Wohngebiets. Sie begeistern sich für diesen Gedanken und packen kräftig mit zu. Das Becken wird nicht sehr groß, aber ausreichend zum Erfrischen und Toben. Die Sandfläche zum Spielen im Garten ist größer, alles sauber und liebevoll gestaltet. Besonders unterstützt wird Else von den Frauen des DFD, unter ihnen die Schwester Vera. *(DFD: Demokratischer Frauenbund Deutschlands, Frauenorganisation der DDR).* Alle Frauen und Männer, die beim Bau der Außenanlagen und beim Malern und Saubermachen des Hauses geholfen haben, bekommen NAW-Aufbaustunden angerechnet. *(NAW: Nationales Aufbauwerk).* Else unterschreibt und stempelt viele Aufbaukarten ab. Auch die von Herta, der Frau, die all den Dreck, der bei Bauarbeiten in Haus und Garten anfällt, beseitigt.

Else ist stolz auf sich, als die ersten Kinder Einzug halten, weiß sie doch, was sie in Vorbereitung auf diesen Tag geleistet hat. Die meisten Eltern kennt sie schon, auch deren Kinder, für die sie jetzt fünf Tage in der Woche von morgens bis zum Nachmittag die „Tante Else" sein wird.

Sie fühlt sich vollkommen aufgehoben in ihrem Alltag als Leiterin des Kindergartens, bewahrt vor Einsamkeit und innerem Verlorensein. Ihr Selbstbewusstsein bekommt nochmal einen großen Schub. Das Reden auf den Elternabenden vor all den Erwachsenen, die zum Teil älter sind als sie selbst mit ihren dreiundzwanzig Jahren, fällt ihr noch immer nicht leicht. Sie ist aufgeregt, die Worte purzeln durcheinander, die richtigen kommen nicht immer von der Zunge. Was ihr bei den Kleinen so gut gelingt, ist vor den vielen Eltern schwierig. Aber Else informiert sie über ihr Stottern, geht offen mit ihrem Sprachfehler um, das hilft. Mit den Kindern spricht sie meist fließend, und wenn doch einige Stotterer hineingeraden, stört das niemanden. Die Eltern sehen, wie fleißig sie arbeitet und erkennen das an. Gemeinsam mit ihnen organisiert sie Lampionumzüge und Faschingsfestzüge durchs Wohngebiet.

Im Winter bauen die Kinder Schneemänner und im Sommer fährt Else mit ihnen und den Gruppenleiterinnen gemeinsam für eine Woche nach Ferch an den Schwielowsee. Das Gepäck der Kleinen und alles, was sonst noch gebraucht wird, bringen einige Eltern mit ihren Autos ins Ferienlager. Die Kinder toben sich aus, baden im See, haben Heimweh, bauen Sandburgen. Spielsachen gehen kaputt, die Mädchen und Jungen streiten und vertragen sich wieder. Else repariert, trocknet Tränen, versorgt aufgeschlagene Knie, lacht und singt mit den quirligen Zwergen um sich herum.

Allerdings muss sie nun auch regelmäßig zu den Leiterinnentagungen der Stadt Potsdam gehen und manchmal dort sprechen. Sie gibt sich sehr viel Mühe, ruhig zu bleiben und bedacht ein Wort an das andere zu reihen. Doch vor den vielen, meist wesentlich älteren Frauen mit ihren reichen Erfahrungen wird sie unsicher, ist viel aufgeregter als vor einer Kindergruppe. Sie quält sich, will es unbedingt schaffen, aber die Silben machen sich selbständig, wiederholen sich wie von allein im Takt ihres laut wummernden Herzens. Das kostet ihr mehr Kraft, als sie sich eingestehen möchte.

Außerdem mischt sich noch ein großer Verlust in diese Jahre voller Arbeit. Ihre Freundin Heidi, die Vertraute im Kanu, die Fröhliche, auf deren Beistand sie sich immer verlassen konnte, ist weg. Gemeinsam mit ihrem Freund. Von einem Tag auf den anderen. Einfach nicht mehr da.

Irgendwo sind die beiden. Irgendwo dort, wohin Else nicht einmal reisen darf. Ohne Abschied. Kein Gruß davor und keiner danach. Und kein Gespräch vorher über diesen Weggang, natürlich nicht, das wäre gefährlich gewesen. Von Heidis Eltern erfährt sie unter weggedrückten Tränen, dass die Freundin jetzt im Westen ist – weiter weg, als Else sich vorstellen kann. Ein Schwund, über den zu schweigen ist. Ein weiterer Verlust mit vielen Fragezeichen auf Elses persönlicher Liste der Einbußen, der Menschen, die es einfach nicht mehr gibt, in ihrem Leben. Auch der Kontakt zu Heidis Eltern bricht ab. Wahrscheinlich wussten weder sie noch Else, wie man gemeinsam mit dem Schmerz hätte umgehen können.

Mehr als fünf Jahre lang hält Else als Leiterin durch, dann endlich geht sie einen Schritt zurück, gibt die Leitung des Kindergartens ab und arbeitet wieder als Gruppenerzieherin mit den Kindern. Wie ein großer runder Stein rollt die Last von ihren Schultern, direkt vor ihre Beine, wo sie mit dem rechten Fuß und einem einzigen Kick das Monster davon stupsen kann. Else atmet auf.

Die neue Leiterin heißt Heidi, wieder eine Heidi. Für Else ist es die „große Heidi", nicht nur, weil sie fast einen Kopf größer ist als Else, sondern auch, weil in ihr Leben inzwischen eine dritte Heidi, ein kleines Mädchen mit diesem Namen, Einzug gehalten hat. Dieses Mädchen ist die Tochter von Herta, die bei der Einrichtung des Kindergartens den Dreck wegputzte und noch immer für den Kindergarten da ist. Jetzt bewältigt

Herta alle Arbeit in der Küche: Sie besorgt die Zutaten für das Mittagessen, damit es den Kleinen schmeckt, kocht und wäscht ab. Else hat in ihr eine zuverlässige Kollegin, und wenn Herta Probleme hat, auch wenn das private Sorgen sind, dann kann sie sich an Else wenden.

Eine Familie

So war es auch an einem Frühlingsnachmittag des Jahres 1961. Herta wartete bis alle Kinder abgeholt waren. Außer ihr war nun nur noch Else da, die damals den Kindergarten noch leitete, und die Einrichtung als Letzte verließ, um aufzuräumen und abzuschließen. Else hatte Herta sehr damit geholfen, dass sie die Stelle als technische Kraft im Kindergarten bekam und damit auch einen Platz für ihre damals jüngste Tochter. Die konnte sie nun immer mit auf Arbeit nehmen, bis auch sie in die Schule kam. Jetzt wendete sich Herta mit einem Hilferuf an Else. Sie vertraute ihr in diesen ruhigen Minuten am späten Nachmittag an, dass sie ein Kind erwarte. Noch ein Kind zu den dreien, die sie schon hatte, alles schon Schulkinder und nun nochmal so etwas Kleines. Und viel Geld verdiene sie ja auch nicht. Und ihr Mann arbeite bei der Bahn in Schichten, als S-Bahn-Fahrer, immer quer durch Berlin. Wie solle sie das nur alles schaffen? Sie fragte Else geradewegs, ob sie die Patenschaft für das Kleine, das da in ihrem Bauch heranwuchs, übernehmen würde. Else überlegte gründlich: Ein Baby. Und seine Mutter traute ihr die Patenschaft für dieses kleine Wesen zu. Was für eine Verantwortung würde sie damit übernehmen? Sie war jünger als Herta und hatte selbst keine Kinder. Else spürte ihr Herz schlagen, langsam nahm Freude von ihr Besitz. Freude darauf, für ein Kind ganz besonders sorgen zu können, mehr als nur für ihre Kindergartenkinder. Aber eine Bitte hatte sie: „Wenn das ein Mädchen ist, könnt Ihr es vielleicht Heidi nennen?" Nachdem Else ihre beste Freundin, die Kanutin Heidi verloren hatte, gab es jetzt einen neuen Menschen mit diesem Namen in ihrem Leben, das kleine Mädchen der Familie Schmidt, ihr Patenkind.

Im Kindergarten „Vogelsang" arbeitet Else noch bis zum Ende des Jahrs 1971. Während dieser Zeit begleitet sie die kleine Heidi als Patentante durch ihre ersten zehn Lebensjahre. Noch bevor dieses vierte Kind unterwegs war, konnte die Familie Schmidt eine Neubauwohnung in der Kupferschmiedgasse beziehen, zwei ganze, zwei halbe Zimmer, nicht sehr viel an Wohnraum, aber zu dieser Zeit schon etwas Besonderes. Herta verlässt nach dem Mütterurlaub den Kindergarten und fängt in einer Bäckerei an. Dort verdient sie besser, muss aber in Schichten arbeiten. Die Freundschaft zwischen Herta und Else bleibt erhalten. Die kleine Heidi ist nun das Bindeglied zwischen den beiden Frauen. Das Baby kommt in eine Wochenkrippe, als der Mütterurlaub nach zehn Wochen zu Ende ist. Die Eltern sehen keine andere Möglichkeit, da sie beide in Schichten arbeiten. Else redet Herta gut zu: „Die Kleine wird dort wunderbar betreut, man wird sich liebevoll um sie kümmern." Sie sieht es aus der Sicht der Erzieherin, die sich selbst voller Hingabe um die ihr anvertrauten Kindergartenkinder sorgt. So wird es in der Wochenkrippe ebenfalls sein, davon ist die Patentante überzeugt. Sie, Else, wird sich darum kümmern, dass Heidi am Wochenende pünktlich abgeholt werden kann. Manchmal sogar schon am Donnerstagabend, dann nimmt sie die Kleine eben am Freitag mit in den Kindergarten. Und montags bringt sie das Mädchen früh zurück in die Krippe, wenn die Eltern auf Arbeit sind. Und trotzdem – es ist nicht nur für das Ehepaar Schmidt und für Else, sondern ganz besonders für die kleine Heidi eine sehr schwere Zeit. Sogar die Tage vor Weihnachten und das Fest selber muss sie in Krippe und Krankenhaus verbringen, es herrscht Quarantäne wegen Typhus.

An den Wochenenden zu Hause bei den Eltern und Geschwistern wird gemeinsam gespielt, spazieren gegangen, gekuschelt. Die Eltern nehmen das Mädchen zärtlich auf den Arm und erfreuen sich an dessen Lachen. So zeigen es zumindest die Fotos. Aber wie ist es am Montagmorgen, wenn sie ihre Ärmchen ausstreckt, ins Leere. Oder in das Trösten der Krippentante hinein. Spürt die kleine Heidi dann noch etwas von der elterlichen Liebe? Kann sich das Kind darauf verlassen? Oder leidet es eher unter diesem ständigen Verlassenwerden, an jedem Montagmorgen für fünf lange Tage.

Im Sommer 1963, Heidi ist noch nicht ganz zwei Jahre alt, fährt Else mit dem Kind in ein Ferienheim nach Binz. Das Mädchen soll sich von seinem Keuchhusten erholen. Einige Wochen Zweisamkeit, eine Zeit voller Sonne, Meer und weichem, weißen Sand, voller gemeinsamer Spiele, Geschichten und Lieder. Ein Zauber, der Heidi und Tante Else noch weiter zusammenschweißt. Aber „Tante Else" – was ist das denn für ein langer Name? „Taelse" sagt Heidi kurz, als sie sprechen lernt, und dabei bleibt es.

Else ist in den kommenden Jahren, als das Patenkind bereits in den Kindergarten geht, viel bei Familie Schmidt, auch über Nacht, schläft bei Heidi im Zimmer und kümmert sich um sie, oft mehrere Tage hintereinander. Sie hilft, macht am Wochenende Ausflüge mit der ganzen Familie, nimmt die Kleine mit in ihr Faltboot. Taelse gehört zu Familie Schmidt dazu.

Die „große Heidi" ist nicht nur die neue Leiterin des Kindergartens „Vogelsang", sie ist auch eng befreundet mit Else und Herta. Ein dreiviertel Jahr lang wohnen sie und ihr Sohn Thomas bei Schmids. Sie machen gemeinsame Wochenendausflüge und Else nimmt die beiden Kinder mit in ihr Faltboot. Thomas und Heidi (die Kleine) spielen miteinander und gehen zusammen in den Kindergarten „Vogelsang", wo sie von Else und Heidi (der Großen) gemeinsam mit den anderen Kindern betreut werden. Heidi (die Kleine) mag Heidi (die Große) und Thomas mag Else. Die zwei Frauen genießen ihre Freundschaft. In ihrer Freizeit näht die große Heidi für beide Kinder und Else strickt ihnen kuschelige, manchmal aber auch kratzige, Pullover und Jacken.

Im Frühjahr 1965 fährt Else wieder allein mit der kleinen Heidi in den Urlaub. Dieses Mal nach Gernrode im Harz, in ein FDGB-Ferienheim. Sie wandern, tummeln sich auf dem Spielplatz, fahren mit der Harzquerbahn. Wieder viele gemeinsame Erlebnisse, viele Stunden voller Vertrautheit.

Der Schulanfang von Heidi und Thomas wird natürlich zusammen gefeiert. Beide kommen in dieselbe Klasse. Nach dem Unterricht brauchen sie nicht immer in den Hort, sondern können zum Kindergarten „Vogelsang" gehen. Während die Kleinen dort ihren Mittagsschlaf machen, haben die beiden, nun schon großen Schulkinder, den Buddelkasten ganz für sich allein. Sie bauen Sandburgen, die bis in den blauen Himmel ragen, zumindest so lange die Kindergartenkinder noch schlafen und vespern. Dann aber … Zähne zusammenbeißen … Der Sandkasten gehört den Kleinen … Nun gut, muss die Burg am nächsten Tag eben neu gebaut werden …

Ihre Hausaufgaben dürfen Heidi und Thomas im Büro machen, am Schreibtisch der großen Heidi. Dort stapeln sich wichtige Akten, sauber in Heftern abgelegt. Das ist spannend, auch für den neugierigen Füllhalter der kleinen Heidi. Er muss es einfach einmal ausprobieren – wie es sich auf solch einem bedeutsamen Hefter schreiben lässt. Und schon ziert ein dicker, etwas zittriger Strich das Dokument. Heidis Hand schreckt entsetzt zurück, aber der Strich geht nicht mehr weg, da hilft auch kein Radiergummi.

Als die große Heidi das Malheur entdeckt, ist sie ungehalten, wird richtig böse. Und ihre Hand, die sehr locker sitzt, sucht sich Thomas als Sündenbock aus. Der kennt diese Hand, er jault kurz auf, schluckt tapfer und verrät weder Heidi noch ihren Füllhalter. Dann schluckt er nochmal, er hat wohl sehr viel zu schlucken, mehr als so ein kleiner Junge vertragen kann.

Im Sommer 1971 bekommen Else und die „große Heidi" vom Rat der Stadt den Auftrag gemeinsam einen neuen Kindergarten in der Leiterstraße einzurichten, Heidi wieder als Leiterin, Else als ihre Stellvertreterin.

In der Familie Schmidt ändert sich Einiges. Heidis ältere Geschwister werden erwachsen, gehen bald ihrer eigenen Wege. Heidi selbst ist schon ein selbständiges Schulkind, klug und fleißig, und muss an den Nachmittagen nicht mehr in einer Kindereinrichtung beaufsichtigt werden. Matheclub, Chor, Ballett, Sport, Pioniernachmittage. Ein dicht gefüllter Plan für die Zeit nach den Unterrichtsstunden. Auch Gitarre spielen lernt sie, Else hat für alles gesorgt. In die Familie Schmidt kommt die Patentante jetzt seltener. Das Verhältnis zwischen Herta und Else ist problematisch geworden, aber das enge Band zu ihrem Patenkind wird nie reißen.

Vom Wachsen

Alles wächst. Mit Elses Hineinwachsen in die Familie Schmidt geht das Herauswachsen aus der Familie ihrer Schwester Vera einher. Dort wird sie nicht mehr gebraucht, ihre Nichten sind erwachsen geworden. Und mit dem Ende des Kindergartens im Vogelsang entwächst sie auch dem Einfluss ihrer Schwester und ihres Schwagers.

Mit der Größe der Einrichtungen, in denen Else arbeitet, wachsen ihre Aufgaben, und mit den Aufgaben ihr Selbstvertrauen. Der Kindergarten in der Leiterstraße, den sie gemeinsam mit der großen Heidi im Herbst 1971 einrichtet, hat mehr Kinder und mehr Erzieherinnen als der im Vogelsang. Die beiden Frauen sind aufeinander eingespielt, vieles von dem, was sie im Vogelsang zusammen ausprobiert haben, können sie auch hier anwenden.

Bereits in den sechziger Jahren wurde begonnen, die Bildung und Erziehung der Kleinen in den Kindergärten nach Plänen zu gestalten. Else studiert die Materialien, die ihnen zur Verfügung gestellt wurden - von Kindergärtnerinnen, Lehrern pädagogischer Schulen und Wissenschaftlern gemeinsam zusammengetragen. Damit kann sie sich ein detailliertes Bild davon machen, wie derartige Pläne aussehen sollen. Und dann geht es los. Für jede der drei Altersgruppen im Kindergarten, nach Jahreszeiten sortiert, wird aufgeschrieben, was die Knirpse lernen sollen. Jeweils in den Bereichen: Verhalten; Körperhygiene; Turnen; Spielen; gesellschaftliches Leben; Natur; Sprache; Mengen, Formen, Zeit und Raum; Malen; Basteln; Musik.

In diesen Plänen kommt das Lied vom Schneeflöckchen genauso vor, wie das von der kleinen weißen Friedenstaube und das Spiel mit der Triangel. Das Bild von Walter Ulbricht darf nicht fehlen, ein Schneemann soll in den Plan und die DDR-Fahne und die Tiere im Zoo, die LPG, das Seilspringen und Blindekuh Spielen und …. Es nimmt kein Ende. Man muss Dinge miteinander verbinden, damit alles zu schaffen ist. Während des Waldspaziergangs die fleißigen Bauarbeiter am Stadtrand beobachten, ihnen vielleicht einen Strauß Wiesenblumen pflücken? Die Bremer Stadtmusikanten für die Genossen der Nationalen Volksarmee singen lassen? Die Kolleginnen lachen. „Else, du spinnst." Eine zieht die Stirn in Falten. Die gemalten Äpfel können gezählt werden und die roten Arbeiterfahnen, die am 1.Mai aus den Fenstern hängen. Oder lieber die Bauklötzchen? Zum Glück gibt es Fortbildungen und Bücher mit Beispielplänen, an denen man sich orientieren kann. Trotzdem: ein großer Berg ungewohnter Arbeit muss bewältigt werden.

Alles ist jetzt mit viel Papier verbunden, das ausgefüllt und beschrieben werden soll. Else besucht nach ihrer Arbeit wieder die Volkshochschule, um mit einer Schreibmaschine schreiben zu lernen. Ihre Finger sind das flinke Reagieren und zielgerichtete Greifen von Gitarre und Akkordeon gewöhnt, sie kommen auch mit den Tasten, die das Farbband schlagen, gut zurecht.

Drei Jahre nach Beginn der Arbeit in der Leiterstraße wächst endlich auch Elses Wohnraum an. Sie erhält eine kleine Wohnung in einem der ersten Plattenbaugebiete Potsdams, im Zentrum Ost. Endlich ein richtiges Zuhause, allein für sie. Nicht nur ein Zimmerchen zur Untermiete. Else hat nun außer dem Raum zum Wohnen und Schlafen zum ersten Mal eine eigene kleine Küche und ein eigenes Bad mit Waschbecken und Badewanne statt der provisorischen Waschschüssel. Leider besitzt diese Wohnung keinen Balkon, wie andere im Haus. Aber sie muss im Winter morgens keine Kohlen mehr schleppen, braucht nur die Heizung aufzudrehen. Und das warme Wasser kommt aus der Wand.

Nur der tägliche Arbeitsweg vom Zentrum Ost zur Leiterstraße ist umständlich. Warum soll sie sich das antun, wo doch auch in diesem schön gelegenen Wohngebiet an der Nuthe eine zweite große Kindereinrichtung entsteht? Als KiKo werden sie bezeichnet, diese Kombinationen aus Kinderkrippe und Kindergarten in praktischer

Plattenbauweise: unten die Räume für die Kleins-ten und oben die für die größeren Kinder. Else wird dort gebraucht – wieder als stellvertretende Leiterin für den Kindergartenbereich. Aber nun mit nochmal gewachsenen Aufgaben. Nicht nur die Zahl der Kinder, auch die der Kolleginnen wird, angefangen vom Kindergarten Vogelsang über die Leiterstraße zum Zentrum Ost, immer größer. Hier sind es insgesamt schon über 20 Mit-arbeiterinnen. Else hat ausgeklügelte Dienstpläne zu erstellen und muss dafür sorgen, dass alles Organisatorische in der großen Einrichtung rei-bungslos klappt. Darüber hinaus betreut sie auch eine eigene Gruppe. Sie kniet sich in ihre Aufga-ben, bewältigt all das, was von ihr erwartet wird und darüber hinaus noch mehr. Ihre Arbeit wird von den Eltern der Kinder genauso wie von ihren Vorgesetzten in der Abteilung Volksbildung beim Rat der Stadt geachtet und anerkannt. Else wird als Aktivistin ausgezeichnet.

Zum Ende der achtziger Jahre bekommt die Freude an ihrer Tätigkeit einen weiteren kräftigen Schub. Sie arbeitet schon seit über dreißig Jahren in ihrem Beruf, ist nach Dienstschluss zwar müde, geht aber morgens noch immer gern zu ihren Kindern in die KiKo. Und nun gibt es wieder etwas Neues, etwas, was sie außergewöhnlich interessiert, was ihrer Leidenschaft für die Betreuung der Kinder frischen Schwung gibt. In ihre Gruppe kommen jetzt täglich acht hörgeschädigte Kinder – acht von insgesamt fünfzehn bis zwanzig Zwergen, um die sie sich zu kümmern hat. Else spürt eine besondere Zuneigung zu ihnen. Sie berühren etwas in ihr, das, obwohl schon überwunden geglaubt, ganz tief sitzt: die große Mühe, sich sprachlich zu äußern, sich anderen verständlich mitzuteilen, ohne dass sie von ihnen belächelt oder schief angesehen wird. Sie kennt das so gut, hat stotternd Ähnliches erlebt.

Sie kann den Kindern, die Probleme beim Sprechen haben, geduldig zuhören und ringt darum, den Kleinen irgendwie begreiflich zu machen, was sie ihnen sagen möchte. Else ist genau die Richtige für diese Kinder. Dessen ist sie sich bewusst und das spüren auch die Kleinen.

Da ist vor allem Daniel, den sie besonders gerne hat. Er ist Autist. Möglicherweise auch als Begleiterscheinung und Folge seiner starken Hörbeeinträchtigung lebt er sehr in sich zurückgezogen in seiner eigenen Welt. Doch Else schaut er mit großen Augen erwartungsvoll, ja geradezu einladend an. Zwischen den beiden entwickelt sich ein inniges Verhältnis. Sie verstehen sich ohne viele Worte. Else dringt vor in die Welt des Jungen, die abgeschottet von seiner Umgebung nur für ihn allein zugänglich zu sein scheint. Sie meint, sich darin auszukennen, meint genau zu wissen, was für Daniel gut ist.

Aber Daniel hat auch eine Mutter. Die ist allein, und mit all ihrer Liebe nur für ihn da. Die zwei gehören in einer Innigkeit zusammen, wie sie bei alleinstehenden Müttern beeinträchtigter Kinder nicht selten ist. Else hat gelernt, sich in Daniels Welt auszukennen, aber ist sie sich dessen bewusst, dass die Liebe der Mutter doch noch etwas anderes ist?

Unter Anleitung seiner Kindergärtnerin ist Daniel eines der ersten Kinder in der Gruppe, die es schaffen eine Schleife zu binden. Das ist schwierig für die kleinen Finger, deshalb probieren sie es erst an langen breiten Bändern, die an Stuhllehnen festgebunden sind. Wer es bewerkstelligt hat, bekommt eine Schleife an seiner Kleidung angeheftet. Daniel trägt diese Schleife mit Stolz und versucht sich sofort daran, die Schnürsenkel seiner Schuhe zu binden. Sein ganzer Körper ist angespannt und die Zunge tastet sich zwischen den Lippen hin und her, als können sie bei der schwierigen Arbeit helfen. Dann ist es geschafft. Daniel klatscht in die Hände. Welch großer Schritt für den kleinen Jungen. Nun kann er sich völlig allein anziehen, um hinaus in die weite Welt zu wandern.

Und sie gehen viel gemeinsam hinaus – die gehörlosen Kinder und die, die keine Probleme mit ihrem Gehör haben. In Zweiergruppen sammeln sie Blätter: Ahorn, Buche, Kastanie. Else lässt sie laufen, soweit ihre Blicke und ihre Stimme reichen. Jeweils eines der beiden Kinder vernimmt ihre Rufe, meldet sich zurück und sorgt sich mit um das andere Kind, das unbekümmert von den Anweisungen der Erzieherin nach Blättern sucht.

Die Arbeit mit den Kleinen, denen das Hören und verständliche Sprechen so viel Schwierigkeiten bereitet, macht Else neugierig. Sie beginnt, sich in diese Richtung weiterzubilden und stellt schließlich, zu Ende des Jahres 1988 den Antrag auf Versetzung an die Schule für hörgeschädigte Kinder. Dort gibt es eine Vorschuleinrichtung mit Internat, die von Kindergärtnerinnen betreut wird. Die Kleinen aus der Umgebung Potsdams wohnen hier bereits ein Jahr, bevor sie zur Schule kommen. Sie werden von Montag bis Freitag in ihrer Sprachentwicklung unterstützt und ab Januar 1989 auch von Else umsorgt. Wieder lernt die leidenschaftliche Erzieherin neue Kinder, Eltern und Kolleginnen kennen. Aus der gemeinsamen Arbeit mit der „Großen Heidi" ist sie herausgewachsen, will jetzt etwas ganz Eigenes tun. Nur den kleinen Daniel möchte sie gern mitnehmen. Seine Mutter will nicht, dass der Junge in ein Internat geht, die ganze Woche über da wohnt und nur am Wochenende bei ihr zu Hause ist.

„Dort kann er am besten betreut und gefördert werden. Und Sie können in Ruhe zur Arbeit gehen. Alles wird leichter für Sie werden, bestimmt. Und Sie können zu jeder Zeit kommen, um Daniel zu besuchen. Zumindest, wenn ich Dienst habe. Naja, abends und nachts bin ich nicht da, aber sonst immer." Else glaubt fest an das, was sie zu der zweifelnden Mutter sagt. Sie glaubt immer, zu wissen, was für die Kinder und deren Eltern das Richtige ist. Sie wirkt überzeugend und Daniels Mutter gibt nach.

Zur Weihnachtsfeier in der Kindergruppe soll, wie stets, der Weihnachtsmann kommen. Aber ausgerechnet an diesem Tag ist der Rupprecht krank geworden. Was tun? Die Kindergärtnerinnen sehen sich ratlos an. Else gibt sich einen

Ruck. „Ich mache das. Wir haben doch den Mantel hier und den Bart und auch Stiefel. An der Stimme können mich die Kleinen ja nicht erkennen."

Sie verkleidet sich und beeindruckt die Kinder mit ihrem Spiel als Weihnachtsmann. Alle Augen hängen voller Ehrfurcht an ihr, die Kleinen sitzen gebannt auf ihren Stühlen. Nur Daniel steht auf und tastet sich Schritt für Schritt nach vorn, immer näher an den „Weihnachtsmann" heran, dreht eine Runde um ihn herum, streicht an seinem Mantel entlang und blickt zu ihm auf. Da nimmt Else ihn hoch, auf ihren Arm, Daniel schnuppert an ihrer Wange und kuschelt sich ganz fest an den Weihnachtsmann, den er spätestens jetzt erkennt. Vielleicht an den Augen, vielleicht auch an dem Duft, den Else mit ihrem gewohnten kleinen Spritzer Parfüm verströmt. Die Weihnachtsfeier findet immer am späten Nachmittag statt, sodass auch die Eltern – wenigstens größtenteils - dabei sein können. Daniels Mutter sieht ihren Sohn liebevoll betreut. Aber ihr

Lächeln kann die Traurigkeit im Blick nicht verdecken.

„Schenken Sie Ihren Kindern eine Triola", bittet Else am nächsten Elternabend. „Wir wollen ihnen die Musik näherbringen."

„Eine Triola? Unsere Kinder sind schwerhörig! Was sollen sie mit einem solchen Instrument für Kleinkinder", ruft ein Vater. Andere schauen sich irritiert an und schütteln mit dem Kopf. Aber einige Eltern blicken interessiert zu Else und fragen nach.

„Die Kinder haben Hörgeräte, damit können sie von den Tönen, die so nah an ihrem Ohr entstehen, bestimmt etwas hören," erklärt Else den Eltern. „Viele schwerhörige Menschen spüren die Musik, wenn sie laut genug ist. Und die richtigen Töne zu spielen, lernen die Kinder anhand der farbigen Tasten an der Triola." Else bleibt geduldig und überzeugt die Eltern. Unter ihrer Anleitung finden die Kinder einen schmalen Zugang zur Musik. Sie verstehen es, die Buchstaben, die den Tönen der Tonleiter zugeordnet sind, von den Lippen der Erzieherin abzulesen und später auch zu gebärden. Vor allem aber: Sie verschaffen sich Zugang zu den Ohren der Hörenden und gewinnen deren Anerkennung. Auch Daniels Augen glänzen, als er seiner Mutter die erste kleine Melodie vorspielt. Und in den Augen der Mutter glänzen Tränen.

Else fühlt sich wohl und aufgehoben in der kleinen Vorschuleinrichtung der Schule für hörgeschädigte Kinder. Und es ist das Jahr 1989, in dem sie dort angefangen hat zu arbeiten. „Else, das Jahr der Wende! Wie hast du die Wende erlebt? Wie ging es dir mit all den Veränderungen?" Man kann sie das immer wieder fragen, Else hebt nur die Schultern: „Ich habe gelernt zu gebärden, das mussten wir alle lernen. Vorher haben wir vor allem mit Technik gearbeitet, Hörgeräte, Sprachlabor … . Nun sollten die Kinder das Gebärden lernen. Den Grundkurs für Gebärdensprachdolmetscher habe ich beim Kreisverband der Gehörlosen erfolgreich absolviert. Daniels Mutter hat noch einmal geheiratet und ist aus Potsdam weggezogen. Die Verbindung zu dem Jungen ist abgebrochen." Über Weiteres kann oder möchte Else nicht sprechen.

1992 kämpft sie vor Gericht: Else Böttge, die kleine Frau, gegen die große Stadt Potsdam! Nach dem Willen ihres Arbeitgebers soll sie mit siebenundfünfzig Jahren aufhören zu arbeiten. Nein, sie will nicht vorzeitig aus ihrem Beruf ausscheiden! Warum denn auch, so wie sie ihre Arbeit liebt, wie sie sich fortgebildet und eingesetzt hat! Und warum soll sie von ihrer schwerverdienten Rente Abschläge hinnehmen? Die wird auch so, trotz über vierzig Arbeitsjahren nicht üppig ausfallen. Else gewinnt den Prozess. Sie darf bis zu ihrem sechzigsten Geburtstag weiterarbeiten.

Und noch einmal viel Neues

1995 geht Else den Schritt ins Rentnerinnendasein und schaut sich neugierig um. Was hat das Leben denn sonst noch zu bieten, außer Arbeit?

Einen Englischkurs zum Beispiel und einen Computerkurs, beide in der Volkshochschule. Ihre Schreibmaschinenkenntnisse kommen ihr zugute, zumindest, was die Vertrautheit mit der Tastatur betrifft.

Doch das Wichtigste: Sie entdeckt den Shanty-Chor der Wasserschutzpolizei für sich. Der Mann der großen Heidi, zu der sie nie den Kontakt verloren hat, singt dort. Else hat den Chor schon gesehen und gehört. Was könnte es Reizvolleres geben, als die Verbindung ihrer beiden Leidenschaften: Musik und Wasser? Aber eigentlich will der Chor keine Frauen mehr aufnehmen, es gibt schon einige wenige, und so ein Shanty-Chor sollte doch zum überwiegenden Teil aus Männern bestehen, das liegt schließlich in der Natur der Seefahrt. Aber diese Rechnung war ohne Else gemacht. Sie kämpft sich zum Chorleiter durch, erzählt ihm aus ihrem Leben und singt ihm vor. Ihr Mut, ihre Entschlossenheit, ihr Gesang – ein Naturell, wie ein richtiger Seefahrer – beeindrucken den Mann. Else wird in den Chor aufgenommen, ihre Stimme fügt sich gut ein und nach den Proben sitzt sie auch unter den Männern am Biertisch. Sie singen zur Potsdamer Flottenparade und im Nikolaisaal, zum Skippertreffen in Ketzin und auf Stadtfesten in Neuruppin und Eisenhüttenstadt. Zu Sommerfesten und Weihnachtsfeiern treten sie auf und nehmen an Shanty-Chortreffen an der Ostsee in Barth und Warnemünde teil.

Im September 1998 begeben sie sich gemeinsam auf eine große Reise zu einem Chortreffen nach Kanada: zweiunddreißig Chormitglieder, Tenöre und Bässe und einige wenige Sopranistinnen und Altistinnen. Unter ihnen Else im schicken Chorkostüm, eingebettet in eine singende Gemeinschaft, weiter weg von Potsdam, als sie es sich je hätte träumen lassen. Wenn sie ihre Lieder anstimmen, schwingen die Wellen mit dem Glück des gemeinsamen Gesangs um die Wett – so, wie sie früher Elses Kanu umspült haben.

„Mit siebzig Jahren höre ich auf im Chor." Das hatte sie sich fest vorgenommen und macht es wahr. Vielleicht mit zusammengebissenen Zähnen. Aber: „Nein", sagt sie sich, „ich will nicht eines Tages von anderen gestützt werden müssen, wenn ich auf die Bühne gehe." Sie verabschiedet sich von den Sängern und den wenigen Sängerinnen. Das Leben hält bestimmt noch andere Dinge bereit. Die neue Ukulele zum Beispiel, und natürlich ihre Gitarre und das Keyboard. Aber nach einem Unfall im Jahr 2014 hat sie massive Probleme mit ihrer linken Hand. Die muss operiert werden, und anschließend kann sie die Saiten nicht mehr greifen. Es bleibt nur das Keyboard, das geht noch! Damit hat sie sich selbst vertraut gemacht. Schließlich hatte sie als Kindergärtnerin auch Akkordeon gespielt, da ist doch wohl ein Keyboard kein Problem!

Und immer ist Else umgeben von lieben Menschen, die sich mit ihr am Leben freuen und ihr in komplizierten Situationen zur Seite stehen. In erster Linie ihr Patenkind Heidi, die längst eine eigene Familie hat. Aber auch auf ihre beiden Nichten Hannelore und Susanne und auf eine sehr gute Freundin kann sie sich verlassen. Und als sie die schweren Schritte, erst ins betreute Wohnen, dann in ein Seniorenheim geht, sorgen sie alle dafür, dass sie von ihrem Keyboard begleitet wird. Darauf spielt sie immer wieder, für sich und für andere Heimbewohnerinnen. Sie arbeitet im Heimbeirat mit und besucht alle neu hinzukommenden Bewohner, um ihnen den Schritt in die ungewohnte Umgebung zu erleichtern. Sie setzt sich auch dafür ein, dass Gleiter unter alle Stuhlbeine geklebt werden, denn oft sind es die kleinen Dinge, die das Leben im Alter einfacher machen. Sie möchte, dass all die älteren Menschen sich in ihren letzten Lebensjahren so gut wie möglich fühlen.

„Entweder man kämpft, oder man geht unter." Das ist nach wie vor Elses Devise. Die Devise eines Lebens, das so schwierig begann und doch voller erfüllter Jahre ist.

„Und was machst du jetzt, Else?"

„Ich suche noch ein Stück meines Lebens."

Unser Dank ...

... gilt insbesondere Heidi (dem Patenkind Elses) für intensive Recherche zum Leben Elses und ihrer Ursprungsfamilie, für den Entwurf des Covers, und für die kontinuierliche Begleitung der Arbeit am Manuskript

... richtet sich weiterhin an Elses beide Nichten Hannelore und Susanne, die das Manuskript vor allem bezüglich ihrer eigenen Familiengeschichte inhaltlich geprüft haben

... geht an alle, die uns mit Hinweisen zum Manuskript versorgt und während der intensiven Recherche- und Schreibarbeit umsorgt haben. Dazu zählen z.B. die Mitarbeiterinnen des Potsdamer Emmaus-Hauses, in dem Else wohnt, weiterhin Konstanzes Partnerin Marie und Konstanzes Autorinnen-Kolleginnen Irmgard und Claudia Charlotte